初恋に
さようなら

初恋《はつこい》にさようなら

戸田環紀《とだたまき》

ILLUSTRATION：小椋《おぐら》ムク

初恋にさようなら

LYNX ROMANCE

CONTENTS

初恋にさようなら

恋が流れた日のことをよく覚えている。

心臓が蟬《せみ》の抜け殻《がら》のように茶色く透き通り、握れるのならば手の平の中でもろもろ崩れてゆくようだった。

夜の鳥の掠《かす》れた鳴き声が耳にこびりついて、一人で、悲しくて。

それでも、どれだけ苦しくとも。

彼の弟を傷つけていい理由は、どこにもありはしなかったのに。


潮《しお》の匂《にお》いのするビアバーは混んでいた。

灯《とも》る青い光を受け止め、ゆらゆらと揺れるパラソルの下に彼を見つけ、恵那千尋《えなちひろ》は足を速めてウッドデッキを渡って行った。テラス席の上には三日月が掛かっているが、急ぎ足で流れる雲に遮《さえぎ》られ、出たり隠れたりしている。

「ごめん。遅くなって」

「いーや。俺も今着いたところ。悪いな、いつも急で」

「予定組んでたってキャンセルの可能性が高いのはこっちなんだから。……嬉《うれ》しいよ。声かけてもらえるとさ」

研修医の恵那にとって『定時』というものはないも同然であり、実際七時に上がれたことは小さな奇跡と言ってよかった。

もたれた木の椅子《いす》のぬくもりに、ほうっと安堵《あんど》の息が漏《も》れる。途端《とたん》に全身から汗が噴《ふ》き出し、ボタンダウンの襟《えり》を引いて首から風を送り込むが、体がひどく火照《ほて》っているのは急いで来たからだけではない。

本当に着いたばかりなのか目の前の彼——速水総一《はやみそういち》のグラスビールは大して減っておらず、まだ頼んでいないだろうと当たりをつけてフードメニューに手を伸ばした。

「何にする？　あ、生ハムいいな」

どうやら台風が近づいているとかで空気はむっとしていて湿っぽく、だが熱い風は皮膚《ひふ》にまつわりついて喉《のど》の渇きを増すだけだった。今ビールを飲んだらおいしいだろうと思ったが、恵那はいつもの通りにノンアルコールのビールを頼んだ。メニューを繰《く》った総一が、「生ハムとシーフードサラダ」と追加する。

ふと、頰《ほお》の筋肉の緩《ゆる》みを感じ、だらしない顔になっていないだろうかと頰骨の辺りを指で擦《こす》った。

彼に会えるのは何より嬉しいことだったのだ。そろそろ会わないか。ああ、いいな。素《そ》っ気《け》ないほどの僅《わず》かなやりとりで会うことができる、ごく近しい友人という距離が、苦しいことも多かったけれど。

総一は同じ高校の同級生だった。

偶然にも三年間同じクラス、部活も一緒の野球部だったが、それ故《ゆえ》にすんなり仲良くなれたというわけではなかった。

というのも、中学のときに思わぬ痛手を心に受けて、以来恵那は友人を作ることも他人とうまく話をすることもできなくなっていたからだ。実のところ野球部だって、父の勧めに頷《うなず》いただけで望んで入ったわけではない。

当然、入学当初は部の中でもクラスの中でもぽつりと一人で浮いていたが、自ら人を寄せつけないようにしていたので仕方のなかったことと言える。

一方総一はと言えば、いるだけで人の目を惹《ひ》きつけてしまういわゆる稀有《けう》なカリスマで、だから彼から初めて話しかけられたときも、恵那は何故自分に構うのかが分からなくて正直言えば怖かったほどだ。

しかし、人一倍面倒見がいい総一にほどなく警戒は解けていった。

少しずつ話をするようになって、家に行き来するようになって、そして気がついたときには誰より好きになっていたのだ。

同性に対する友情としてではなく、同性に対する恋情として。

「病院の方はどうだ?」

グラウンドをよく通っていた声に、心持ち渋《しぶ》みが加わった声で総一が尋ねた。

仕事を終えてから一旦家に帰ったのか、ラフな白いポロシャツを着ているのに堂々と張られた胸からは洗練された匂いがし、まっすぐな眉《まゆ》からは理知と意志の強さが感じられる。

「ああ、やっと慣れてきたってところかな。でもお蔭様でなんとかなってるよ。そっちは?」

「まあ俺も相変わらずだ。やりがいはあるが心の中でこんちくしょうと罵《ののし》ることもある。それでも弁護はする。それの繰り返し」

総一はそう言って、肉感的な唇をにっと横に大きく開いた。恵那の好きな、軽口を叩《たた》くときの、総一らしい野趣《やしゅ》に富んだ笑い方だ。

粗雑な言葉を用いても下品に見えないというのは誰にでも彼にでもできるという技ではなく、また、仕事に対して本心から辟易《へきえき》しているわけでないことも、彼の性格を知っているからこそ分かる。

公明正大な弁護士。総一にぴったりだと思いながら笑いを返すが、恵那は総一のようにではなく、唇の端を僅かに上げるのが精々《せいぜい》だ。

根が特別大人しいというわけではなく、総一と会うときはいつでもこんな風に態度が控《ひか》えめになってしまう。総一への過ぎた想いを隠すために、すべての感情を理性という名の布できつく巻き締めている故だ。

「そういやこの前の巨人戦あっただろ」

グラスを持ち上げながら言う総一の喉元をちらりと見る。ビールを飲むたび上下する喉仏に、これまで何度触れてしまいたいと思ったかしれない。

「ああ」

「宇多《うだ》が電話してきて、一時間延々と愚痴《ぐち》聞かされたよ。一時間だぞ？　終わらないから、いっそのこと飲むかって話になって、今度は居酒屋で二時間」

「あいつ、相変わらずだな」

野球部の中でも一番熱狂的な野球ファンだった男を肴《さかな》に、恵那は先ほどよりも大きく笑った。

なんの変哲《へんてつ》もない日常の会話だけれど、総一と過ごす時間は失うことの考えられない希少で無形な宝なのだ。だから、どれだけ触れたいと思っても、どれだけ想像の中で汚しても、恵那の方から彼に触れることは、現実には、決してない。

苦心をしてここまで築き上げてきた関係を、今ふたたび崩してしまうつもりはなかった。

もう二度と下手なことを言って彼を困らせたりしない。

そう。思い余って告白をしてしまった、高校二年のあのときのようには。

最初から見込みがないことは分かっていた。いつの頃からか総一の隣には、綺麗《きれい》な長い髪が印象的な吹奏楽部の女の子がいた。

分かっていて尚《なお》、あのときどうしても、総一に気持ちを告げないわけにはいかなかったのだ。

恋人になれなくていい。友達のままで構わない。だから、どうか一生お前の傍《そば》に。

そう心で願った、あの夏の日。

以来、別々の大学に行っても社会に出た今も、総一の好ましい友人であるためにずっと心を砕いている。

「でも」と総一が破顔《はがん》した。

「そういう仲間がいるのはありがたいよな」

彼が傍で笑ってくれる、ただそれだけで充分すぎるほど幸せだった。

「ああ、そうだな」

相槌《あいづち》を打ちながらグラスに手を伸ばし、灯火を映し出す彼のグラスを盗み見る。総一の手に摑《つか》まれていれば、中身はすぐに温《ぬる》くなってしまうと思った。温くなって、おいしくなくなって、それでも彼に飲まれるのをじっと待っているしかできないのだ。

「それで、宇多にはそのとき言ったんだけどな」

風がまた吹き、まるでそれを合図にしたかのように、総一がテーブルの上で大きな両手を組み合わせた。

何を言われるのだろうかといっそうきうきとしながら、恵那はあまりにも無防備な心で彼の瞳を見つめていた。

「実は、結婚が決まって。まだ来年の話なんだけど」

乱暴な風が強く心を叩きつけ、思わずひゅっと息を吸う。総一が虚《きょ》を衝《つ》かれたように目を見開き、慌《あわ》てて飛びそうになった理性の布を鷲《わし》摑《づか》んだ。

けれど、今までどう巻きつけて、気持ちを抑《おさ》えていたのだったか。

分からない。分からない。

絡《から》んで、たわんで、ぐちゃぐちゃになって、巻こうとする理性の方がどんどんがんじがらめになってゆく。

「あっ……お、おめでとう。ごめん、ちょっとびっくりして。随分急だなと思ってさ。でも、よかったじゃないか」

そこそこの大人で今ほどよかったと思ったことはない。恵那はこの日一番大きな笑顔を作り、気づいたときには祝いの言葉を述べていた。

「ありがとう。まあ、付き合って一年で婚約じゃ驚くのも無理ないよな」

照れくさそうに笑う総一に、締めつけすぎた胸のうちがきりきり軋《きし》んで悲鳴を上げる。息が詰まる。胸が苦しい。嫌《いや》だ、こんなの、耐えられない。

「じゃあ今日はお祝いだな。一緒に飲めないのが……残念だよ」

「病院からの呼び出しに備えてるんじゃ仕方ないよな。いつもあることじゃないだろうけど、いざってこともあるだろうし」

随分はしゃいでいたと思う。式はいつなんだとか彼女はどんな人なんだとか、そんな心にもないことまでを笑顔で尋ねたような覚えがある。

三十分ほどしたところで医療系のメールマガジンが届いたが、病院からの連絡だと嘘《うそ》をついてそそくさ席から立ち上がった。

飲んでもいないのに体がおかしい。眩暈《めまい》がして、足元がぐらついて、ともすればこのまま崩れてゆきそうだ。

マンションまでの道を歩いていると些細《ささい》な風に体がなびき、まるで自分が重みを持たない塵《ちり》になった感じがした。吹けば飛ばされてしまう塵。総一の肩の糸屑《いとくず》みたいな。

分かってたじゃないか、と道に転がる小さな石を見ながら思う。

彼女がいたことも、いつかこんな日が来ることも、自分が友達以上には、決してなれはしないことも。

全部分かっていて、それでも勝手に好きな気持ちを引きずって、だからこんなことで悲しむなんてお門《かど》違いもいいところだ。

外はすっかり暗かったが、電気を点《つ》けずとも部屋には光が舞っていた。一面に広がるガラス窓から遠くの工場の夜景が見える。

そうだ、こんなの悲しむことじゃない、と光を見ながら尚も心に言い聞かせる。

結婚するからなんだというのだ。これからだってきっと何も変わりはしない。自分たちはいい友人で、ただ彼の隣には愛する妻がいて、いつか可愛《かわい》い子供ができて、自分はまた、笑顔で彼を祝福して。

「ひっ……」

玄関先でうずくまった。胸を掻《か》いて、額《ひたい》を床につけて、ぐずぐずとした言葉にならない叫びを上げた。

「……う、いちっ……総一、総一……」

総一。

どうして自分は彼の友人なのだろう。

どうして自分はそれでは満足できなかったのだろう。

どれだけ想っても、どれだけ焦《こ》がれても。

いつか必ずこんな日が来ると、十年前から分かっていたのに。

窓をぽつぽつと叩き始めるものがあった。

塵を攫《さら》い、木をなぎ倒す、容赦《ようしゃ》のない荒々しい台風がすぐそこまで近づいていた。

「総一君、祥子《しょうこ》さん、ご結婚おめでとうございます。並びに速水家、櫛田《くしだ》家のご親族の皆様、本日は誠におめでとうございます。新郎の総一君と私は高校の同級生で、部活も同じ野球部だったことから意気投合し、今日まで変わらぬ付き合いを続けてきました。総一君は当時から快活でリーダーシップに溢《あふ》れており、また野球部でもエースだった総一君に、補欠だった私は何度も励ましてもらったことがあり……」

近年の景気を反映してか簡素な結婚式も多い中、都内の一流ホテルでの披露宴《ひろうえん》は豪華絢爛《けんらん》の一言に尽きた。ちらちらと輝き続けるシャンデリアは大きさの違う幾つものグラスと銀食器を照らし、背の高い帽子を被《かぶ》ったシェフが手ずからローストビーフを切り分ける。

桜の時期に一流ホテルで。新婦の夢だったらしいが、律儀《りちぎ》にそれを叶《かな》える辺りに総一の彼女に対する想いが見える。

「このような日を迎えられましたことを、心よりお祝い申し上げます。どうか末永く、幸せな家庭を築いてください」

恵那はつつがなくスピーチを終え、席へと戻りながら自分の心を落ち着かせた。大丈夫。手も声も震えなかった。どこから見てもいい友人に見えたはずだ。

小さな溜息《ためいき》に気づいたのか、椅子に掛けるなり隣の橋本《はしもと》が「大役お疲れさん」と言った。八人掛け丸テーブルの全員が高校時代の野球部仲間で、卒業から十年経った今でも年に数度は皆で集まる。しかし、キャッチャーだった橋本、正面にいるファーストの宇多などを見ると、やはり自分は浮いていると感じずにはいられない。

ピッチャーだった総一を始め、周りにいるのは一軍で活躍していた面々で、恵那はと言えば万年補欠のみならず、二年の半《なか》ばに病気を患《わずら》いそのまま退部していたからだ。

それでもここにいる誰も、恵那が総一の友人代表として祝辞《しゅくじ》を述べることに少しも疑問を差し挟《はさ》まない。二人はそれほどの親友だったのだ。恵那自身の目から見ても。

糊《のり》のきいた白いナプキンを形ばかりに腿《もも》に戻す。畏《かしこ》まってこんなことをしているのがすべて夢のようだった。

その実スピーチを頼まれたとき、何かしらの理由をつけて断れないだろうかと散々迷った。けれど、結局負けてしまったのだ。総一が不審《ふしん》に思うのではないかという、我ながら馬鹿だと思うほどの小心に。

結婚の報告をされてから九ヶ月、笑顔でスピーチをできるくらいには心の整理をつけたつもりだが、今も変わらず総一への想いは燻《くすぶ》っていて、だから何があってもこの気持ちを彼に知られるわけにはいかなかったのだ。まだ俺のことが好きなのかと、鬱陶《うっとう》しく思われでもしたら立ち直れない。

銀のカトラリーは重い。慣れていない格式というものに四苦八苦しているのは橋本も同じだったようで、すべてのスピーチが終わって余興になるや、声をひそめて呟《つぶや》いた。

「見ろよ、総一のやつ。あんな白いタキシード着て難なくうまそうに平らげてやがる。やっぱり弁護士先生ともなるとよくこういうところ来るんだろうな。俺なんか結婚式でもないとこんなホテル縁遠くて」

声に揶揄《やゆ》は含まれず、橋本が素直に総一に一目《いちもく》置いているのが分かる。恵那はナイフとフォークを皿の縁《ふち》に掛け、水のグラスを手に取った。

「大抵の男はそうだろ。俺も結婚式が嫌なわけじゃないけど……こういう場所はどうしても緊張する」

「何言ってんの。恵那だってお医者サマ同士でよく来るんじゃないの？」

「医者だって色々だよ。好きなやつは来るだろうけど、俺はこんな場所で楽しんで食事なんかできないよ」

シャンパンを飲みながら新婦と談笑する総一を見て、二人は各々息をついた。恵那の溜息の方が幾分長く、終わりに橋本の呟きが重なる。

「それにしてもあのかっこから誰が泥だらけの球児を想像するかね。十年経っちゃったんだなあ」

つぶらな目をぱちぱちとさせる橋本に、苦笑しながら答えた。

「そりゃ外見はちょっと変わったけど……でもあいつ、中身は全然変わってないだろ」

坊主頭が櫛目《くしめ》のつく髪形になり、泥だらけのユニフォームが隙《すき》のないスーツに変わっても、鷹揚《おうよう》で気安い総一の中身は何ひとつ変わらない。

それに野球をやっていたように見えないという点に関しては、自分も似たり寄ったりだろうと恵那は思う。勝手な思い込みなどではなく、野球をやっていたと言うと大抵はっきり驚かれるのだ。

何故なのか不思議に思って一度尋ねてみたところ、弥生顔《やよいがお》と骨の細さがどうやら驚きの元だったらしい。だが、繊細《せんさい》な顔立ちと言われたことよりも、汗の匂いがまったくしないと言われたことの方が心外だったのを覚えている。

「なあなあ、この間のジャイアンツ戦観た？」

突然一同を見回した宇多に、恵那はほっと胸を撫《な》で下ろした。平然とした顔で総一の話をするのもそろそろ限界だったが、野球の話が出たことで場は一気に同窓会と化し、それからは居心地の悪さを感じることもなく、なんとか宴《うたげ》も終わりになった。

荷物を纏《まと》めてロビーに出て、最後の関門だ、と新郎新婦を真ん中にして居並ぶ親族を遠目に眺《なが》める。列席者と記念撮影をするらしく、恵那はどやどやと進む野球部の最後尾を俯《うつむ》きがちについて行った。

「おう、皆揃《そろ》ってありがとうな」

間近で総一の声を聞き、嫌でも鼓動《こどう》が速くなる。やっとの思いで顔を上げると、総一は一人一人と挨拶《あいさつ》をしながら固い握手を交わしていた。

手前にいた総一の母と先に目が合い、後ろめたさを隠して会釈《えしゃく》をすると、母は親しげな笑みを見せながらわざわざ恵那に歩み寄った。

「素敵なスピーチありがとうね。でも恵那君だって言われなかったら分からなかったかも。高校のときは毎週のようにうちに来てたのにね。なんだか見違えちゃって」

「ご無沙汰《ぶさた》してしまってすみません。あの、本日は本当におめで……」

「千尋！」

終わりまで言う前に横から力強く抱き締められ、よろけた体を支えるためにぐっと両足に力を入れた。

こっちの気も知らないで、と総一の腕の中で体を竦《すく》める。今、ひどい男だと思われているだなんて、総一は少しも気づいていないのだろう。

「おい、俺は今お母さんにお祝いを……」

「そうか、母さんおめでとう！　はい、俺が代わりに言いました。だからお前は思う存分俺のことを祝ってくれ」

肩を摑まれたまま満面の笑みで言われ、まったくしようがないなといつものように苦笑すると、周りにいた野球部の面々は元より、新婦や恵那たちを知らない人たちまでが面白そうに笑い声を上げた。恵那も笑いを返すしかない。なんて微笑《ほほえ》ましい結婚式。

総一を見上げ、ぽんぽんと彼の腕を叩く。こんな近くで見ることも最後かもしれないと思うと、いつもより数秒だけ見つめる時間が長くなった。

「本当にお前は……おめでとう。よかったな。理想の人って言ってただけあるな。綺麗な人じゃないか」

「そうなんだよ、俺には勿体《もったい》ないくらいで」と総一が新婦を振り返った隙に、恵那はごくさりげなく腕から逃れた。もう幾らだって口先から言葉は出てくるが、胸が痛まないわけではない。総一に触られていれば尚更のこと、口を開くたびに自分の心が端から切られてゆく感じがする。

避けたことを気取《けど》られぬよう、改めて総一の母の方に向き直った。隣には祖母や父が並んでおり、素早く且《か》つ丁寧に、祝いの言葉を述べてゆく。

だが、親族の末端にいたブレザー姿の男子の前に来たとき、恵那は思わず目を瞬《またた》かせた。

制服が違う。坊主頭じゃない。

だけど、高校のときの総一が、目の前にいる。

「本日は……おめでとうございます」

驚きながらも言うと、高校生であろう彼は伏せ目がちのまま会釈をした。

「ありがとうございます」

その声にまたうろたえてしまう。総一とよく似た落ち着いた声に、高校のときの記憶が否応《いやおう》もなく蘇《よみがえ》る。

毎週末遊びに行った速水の家。つるバラが巻きついたアーチ型の門。制服姿の自分たちの前を横切って走って行った、小さな姿……。

(彼は……総一の……)

「千尋、こいつのこと覚えてる?」

総一が男子の肩に腕を回して言った。

「ああ……覚えてるよ。弟だろ? 随分伸びたな」

正直なところ、今の今までその存在を忘れていたのだが、当時から姿を見かける程度で、尚且つ高校のときに会ったのが最後なので無理もない。

それにしてもまだ驚きが治まってくれない。高校の頃の総一に見れば見るほどよく似ている。

違っているのは髪形くらいのものだろうか。総一は高校の頃は坊主頭、今は自然に掻き上げるようにしているが、彼は全体的にすっきりと短いものの、額が隠れる程度に前髪を下ろしている。

「そ、一九〇近くあるもんな。こいつ、修司《しゅうじ》ね、バレーボール界の未来の宝なの。オリンピックも夢じゃないってね」

総一はくしゃくしゃと弟の髪を掻き回し、自分の方に引き寄せながら嬉しそうに笑って言った。

心底可愛がっているのが表情から見て取れるが、そんな総一をたしなめたのは他ならぬ弟本人で、硬く動かぬように見えた頬が今では赤く染まっている。

「ちょっと兄さん。恥ずかしいからそういうこと人前で……。それに先のことなんて分からないんだから」

これには恵那も驚かずにいられなかった。謙遜《けんそん》なのかもしれないが、総一と同じ顔がそんな弱気、もとい殊勝《しゅしょう》なことを言うこと自体がひどく新鮮に映ったのだ。

(似てるのは外見だけみたいだな……)

思いながらつい総一と見比べてしまうと、弟の修司はさっと顔を下に向けた。

怒っているという風ではないが、総一のような快活さが修司からは見られない。端的に言って無愛想だが、これも場慣れしていないが故の一種の緊張なのだろうか。

「なんか……顔はそっくりだけど、性格はお前と違うみたいだな」

「そうよ、俺と違って真面目《まじめ》なんだから。悪いこと教えるなよ？」

「これまでの流れだと、どう見たって悪いこと教えるのはお前の方じゃないか？」

にやっと笑った総一に、わざとつっけんどんに言い返す。そろそろ写真いいですか、とカメラマンが声を上げた。

「お前、二次会来るだろ？」

帰り際《ぎわ》、何故だか総一は恵那にだけ確認をした。

「……悪い。これからまだ家でやることあって」

返事は迷わなかった。これ以上総一と新婦の姿を目にする気にはなれなかったし、そしてこれは自意識過剰なのかもしれないが、先ほどからあの弟がこちらを見ている気がするのだ。そんなことはあるはずがないのに、総一への想いを気取られたのではと思うと落ち着かない。

断ると総一は無理に誘ってはこず、他のメンバーも口々に残念だとは言うが引き止めようとはしなかった。忙しい、そう言いたいがために医者になったわけではないが、こんなときに誰も無理強《じ》いしてこないのはありがたいことと言えなくもない。

「じゃあ……楽しんで」

笑いながら踵《きびす》を返し、やっと帰れると安堵する。しかしそう思ったすぐ後に、油断してしまった背の真ん中をさくっと総一に切り裂かれた。

「千尋、今日誕生日だよな。おめでとう。近いうちに今度はお前のお祝いしような」

一瞬雑音が遠退《とおの》いた。絶対泣かないと決めていたのに、たちまち瞳が潤《うる》んでゆく。

（総一、お前は、ひどい男だ）

勝手だとは分かっていても、そう思う心を止めることはできなかった。

こちらを振り向くことはない、なのに決して見捨てない。嫌いにならせてくれない、心を離してはくれない、優しくて、強くて、ただ一人の、愛《いと》しい男——。

この日二十七歳になった恵那に対し、総一は一週間後に二十八歳の誕生日を迎える。これまで、ほとんど一歳違う彼と同級生でよかったと思ってきたが、同級生でなかったらよかったのにと、同じくらい何度も思った。

「新婚さんが何言ってるんだ。期待しないで待ってるよ」

(俺の誕生日なんかどうだっていいだろう。お前はそんなこと気にせずこの日を式に選んだんだろう)

言えるはずもない言葉を呑《の》み込んで、今度こそ素早く彼から遠ざかる。なんだかぜいぜいと胸が苦しい。自分自身に吐き気がする。

ホテルの出口で別れるとき、橋本に軽く背中を叩かれた。

「また時間作って会おうな。俺たちはいつだって駅前でクダ巻いてるんだからさ」

駅前というのは都内のことではなく、地元神奈川《かながわ》県の川崎《かわさき》駅のことだ。次があるのかどうかは恵那自身にも分からない。総一に結婚を報告されてからというもの、これからも会いたいという気持ちと、もう会いたくないという気持ちが心に並んで居座っている。

「ああ、そうだな。じゃあ、また」

本心を隠して笑って手を挙げると、皆の背中が小さくなった。知らない場所、知らない人の中に、ぽつりと一人取り残される。

橋本のことも宇多のことも、恵那は心の底から好きだ。今日会ったメンバー全員に素直な好意を持っている。だが、もし総一がいなかったら自分は面子《めんつ》に入れなかっただろうという自覚があるし、もし自分が抱えている想いを知られた日には、誰もが離れてゆくのだろうと思っている。

だからもう総一のことは、諦《あきら》めないといけないのに。

そう思いながら空を仰《あお》ぐと、柔《やわ》らかな風がさあっと吹き、蒼《あお》く透ける桜の花びらと、恵那の髪を舞い上げた。


病院の中の患者に見えない部分ってどうなってるの、と訊《き》かれて医局の様子を説明すると、なんだか普通の会社と変わらないね、と言われることが多い。

『普通の会社』に勤めたことがない恵那には比較することができないが、つまりは壁に予定を記《しる》したホワイトボードや掲示物があり、棚《たな》や机が並んでいて、そして、大抵その上に書類が積んであるということだ。

しかし医局にはカンファレンスルームが併設《へいせつ》されており、聴診器をぶらさげた白衣の人間が今のように円形テーブルに集まっていると、恵那の目には医局はやはり医局以外のどこにも見えない。

「三〇八号室の土居《どい》さんですが、下肢《かし》に若干の浮腫《ふしゅ》が出ています。土居さんは昨年肺血栓塞栓症《はいけっせんそくせんしょう》を起こしているので、リハビリの回数を増やすとともに、経過を見てCTを撮る方向で考えています」

月曜から土曜まで、毎朝八時から三十分間行われる院内カンファレンスは、診療科の枠《わく》なしに三十数名すべての医師が額をつき合わせて、入院患者の経過報告をし、検査や治療の方針を検討する。恵那が報告をすると同じ神経内科医の中にはメモを取る者もいたが、彼らは全員先輩なので、チェック的な意味合いが強い。

研修医とはいっても、恵那は医科大学卒業後に義務づけられている二年の臨床《りんしょう》研修は終えているので、昨年後期研修医としてこの病院に入局し、丸一年を迎えたところだ。

週に三日はカンファレンスの後にすぐさま外来診察が入っている。今日は土曜日でそのうちの一日に当たり、恵那は鞄《かばん》を摑んで急いで七階から一階へと下りて行った。

病院のロビーは吹き抜けになっており、高いところにある窓から朝は自然光がふんだんに降り注ぐ。光を含んだ白い床を歩いて行くと、カツカツという小気味のよい音が響いた。外来診察室は受付からほど近いところにあるが、医師は患者用の表のドアから出入りせずに、後ろの職員口を使うのがならわしだ。

診察室に入ると既に看護師の牧山《まきやま》が待機しており、恵那は灰色のシンプルな机——やはり企業にあるような——に向かい、牧山が用意した患者のカルテや問診票に視線を落とした。

「あれ？」

ふと、予約者の中の『速水』という名に目が止まった。

「どうかしました？」

「あ、すみません、知り合いかもしれなくて」

予約は十時となっている。まだ到着していないらしく問診票はないが、数年前に来院したときのカルテがあり、住所や年齢から『速水キク』は、やはり総一の祖母なのだと思われた。既往歴《きおうれき》には風邪《かぜ》や捻挫《ねんざ》といった比較的軽い病名が並んでいるが、今日はどんな症状で来るのだろうか。

「お知り合いなんですか？」

気遣《きづか》わしげに牧山が尋ねた。牧山はまだ三十代だが、看護師歴はもう十五年になる。恵那も今ではもたつかずに患者を診《み》られるようになったが、初めの頃は戸惑《とまど》うことが多く、面倒見のいい牧山にだいぶ助けてもらったものだ。

「ええ、たぶん、友人のおばあさま、ですね」

「そうですか。大事がないといいですね」

本当に大事がなければいいけれどと思いつつ、『速水』という名から総一のことを思い出し、彼への想いが顔に出そうになって恵那は焦《あせ》った。

式からまだ一週間しか経っていないのだ。勤務中には考えないようにしているが、こんな場に直面してしまえば心は無様《ぶざま》に揺らいでしまう。

もちろん総一の家族ではあっても一人の患者であることに変わりはなく、公私混同するなと自分に言い聞かせ、問診票のチェックに戻った。

診察時間が押してしまい、速水キクを呼んだときには十時半になっていた。

「お待たせして申し訳ありません。あの、先日はどうもお世話になりました。二次会に顔も出さず失礼してしまって」

「こちらこそお忙しいところありがとうね。総一も『久しぶりに会えた』ってすごく喜んでたわ」

入って来たのは総一の母と祖母、そして弟の修司だった。恵那が立ち上がって頭を下げてもにこやかに返してくるのは母ばかりで、祖母は難しい顔をしてハンカチを握り締めており、彼女を支える修司の顔も先週同様ぎこちない。

恵那はそんな修司にも、殊更《ことさら》丁寧に笑いかけた。意識してそうしなければ動揺が表情に出てしまうような気がしたのだ。

家族が来るとは思っていたけれど、まさか修司が一緒だなんて思わなかった。公私混同するなと思ったところで修司を見てしまえば嫌でも総一を思い出す。

「どうぞお掛けください。……と、椅子がひとつ足りませんね。牧山さん、持って来てもらえますか？」

牧山の方を向いて頼む間に、なんとか気持ちを落ち着かせた。

「それで、今日はどうされました？」

予《あらかじ》め記入してもらった問診票で物忘れという主症状は分かっていたが、確認とコミュニケーションのために尋ねると、祖母は訝《いぶか》しそうに恵那を見てから隣の母に目配せをした。

細身で小柄《こがら》だが腰は曲がっておらず、八割方白くなった髪は短く整えられている。通った鼻筋に若かりし頃の美しさが見られはするが、顔中深い皺《しわ》が刻まれているせいか、謹厳《きんげん》な印象が強い。

「速水キクさん、ですね。問診票には忘れっぽくなったとありますね。どんな風か、教えていただけますか？」

返事はない。アプローチを早々に変える。

「そういえば、この前の総一君の結婚式は盛大でしたね。私もその節はスピーチをさせていただきました」

背に腹はかえられないとはこのことか。総一の結婚式の話などしたくもなかったが、これが一番キクの関心を引く話であるように思われたのだ。

「……ええと、先生は総一の」

期待通り反応がきたことへの喜びは隠して、胸に留めた名札のプラケースを見るキクに、「友人の恵那といいます」と笑いかけた。

「えな……そう、そうだったねえ。いい名前なのに……この頃はなんでもすぐ忘れる」

「恵那、いい名前ですか？　初めて言われました」

会話を繋《つな》いで言うと、キクは物思うように涙袋を持ち上げた。

「この子を」

と言って母を見る。

「取り上げてくれた産婆《さんば》さんが『えな先生』っていったんだ。苗字《みょうじ》じゃなくて名前だったけど。いい先生だったよ」

速水というからてっきり父方だと思っていたが、二人は実の親子だったのだ。

総一の父が単身赴任をしているというのを以前聞いたことがあり、だから嫁である母が連れて来たのかと思っていたが、実の娘であるなら症状なども聞き出し易《やす》い。

「それは奇遇ですね」

女名の『えな』とは音の高低が違っても、懐《なつ》かしい名はキクの心の琴線《きんせん》に触れたのだろう。キクを始め、マツやウメといった名前が多く見られる時代に、『えな』という名は珍しいなと『恵那』本人は思うばかりだ。

そのとき牧山が戻って来て笑顔で修司に椅子を勧めたが、修司は牧山の方を見ようともせず会釈をしただけで腰を下ろした。

その様が一瞬癪《しゃく》に障《さわ》る。というのも他の人は気づかなかったようだが、牧山とすれ違い様に肘《ひじ》が触れたとき、修司があからさまに険しく眉をひそめたからだ。

よほどのことがない限り、不快と感じるような過度な接触ではなかったはずだ。虫の居所でも悪いのか、はたまた親に頼まれて嫌々付き添って来たのだろうかと勘繰《かんぐ》ってしまう。

総一の弟であれば優しいはずだという気もするが、兄弟でも性格が違うのは往々《おうおう》にしてあることだ。だが決めつけてはいけないと、嫌味《いやみ》でなしに笑いかけてみる。

「今日はお孫さんも一緒に来てくれたんですね。おばあちゃん思いのお孫さんで何よりですね」

目を逸《そ》らされた。

総一を糸口に世間話をしていると、キクはすぐに心情を吐露《とろ》し始めた。徐々に具体的な症状、既往症や生活環境などを聞き出してゆく。蓋《ふた》を開けてみれば、『こんな物忘れ程度この年齢じゃ普通だ』と思っているキクに対し、『もし認知症でこのまま何も分からなくなったらどうしよう』と不安を感じているのは母の方のようだった。

「そうですか、週末にはお寺の集まりにも顔を出されている、と。分かりました。では、これから幾つか記憶に関しての質問をしますが、リラックスして答えてくださいね」

「はいはいどうぞ」

あっけらかんとした答えに頼もしくなる。老人は弱く労《いたわ》るものという見方が一般的ではあるが、精神的な面で言えば、現代の若者には考えられないくらい豪胆《ごうたん》な人も少なくない。厳しい時代を潜《くぐ》り抜けているせいか、胆《きも》の据《す》わり方が違う気がするのだ。

「まず、キクさんは何歳ですか」

「八十……二になったかねえ」

キクが首を傾《かし》げると、母が肯定して頷いた。

「では、今日は何月何日何曜日ですか」

「四月の……六日、ああ違う、七日だった。曜日は土曜日」

あ、と口を開けた母にさりげなく目配せをする。土曜日だが、今日は四日だ。

「私たちが今いるところがどこか分かりますか」

「なんだ、そりゃ簡単だね。若宮《わかみや》総合病院でしょうに。それとも川崎市ってことですかい？」

「ええ、いいですよ。合っていますね。では、これから私が言うみっつの言葉を繰り返してください。後でまた訊きますから覚えておいてくださいね。桜、猫、電車……」

問診を終えてから、心音や瞳孔《どうこう》、腱《けん》反射などを診る身体検査を行った。終わりに血液とCT、MRI検査の手配を牧山にお願いする。

「準備ができるまでロビーで待っていてください」と伝えると、三人は立ち上がった。

「すみません、お母さんは残っていただいていいですか。もう幾つか確認させていただきたいので」

きょとんとして腰を戻した母の傍《かたわ》らで、キクが深々とお辞儀《じぎ》する。

「どうも先生、あたしもお世話になりますけどね。これからも総一と修司のことをくれぐれもよろしく頼みます」

「何かお困りのことがありましたらいつでもいらしてください。お話だけでも結構ですから」

孫の腕に掴まりながらその孫のことを頼む姿に心が和《なご》んだが、このときばかりは返す笑みもごくさやかなものになった。総一のことを頼むだなんて、社交辞令だと分かっていてもなんと答えていいのか分からない。

扉を開けて出て行く背中を見送っていると、キクの手からハンカチが落ちた。彼女は腰を曲げて拾おうとしたが、修司が先んじてそれを拾い、キクの手の中に戻した。

「恵那先生、確認したいことって……。もしかして何か悪いのかしら」

心配そうに問われ、すぐさま母に向き直った。

「お母さん、先生は結構ですよ。まず、具体的な診断は検査結果を待って、今日の問診と総合的に判断して次回お伝えいたします。それでですね、ご本人様がいらっしゃる前では言いにくいこともあるかと思いまして、それについてお尋ねしたかったのですが。ただその前に、今の、総一君の弟さんの」

「修司が何か？」

「ええ、修司君。キクさんが落としたハンカチを拾ってあげてましたね。褒《ほ》めて然《しか》るべき行為なんですが、ご家庭では少し気をつけてあげてください。手助けをするつもりでなんでもやってあげてしまうと、体がどんどん動かなくなるだけでなく、生活に対する張り合いを奪ってしまう可能性があるんです。ですから、キクさんができる範囲のことは無理でない限りさせてあげてください。もちろんサポートはいつでもしてあげるんだと安心感を与えた上で」

　子供や老人と身近に接したことがある人なら想像に易い。自分が手を出して助けてしまうよりも、彼らがやることを黙って見守っている方がずっと忍耐が必要なのだ。難しい要求ではあるが、おいおい生活のアドバイスもしていかなければならないだろう。

　桜、猫、電車、とみっつの言葉を一分後に思い出せない場合、アルツハイマー型認知症の可能性が高く、キクは猫と電車のふたつの言葉をヒントを与えても思い出すことができなかった。

　アルツハイマー型でも半数以上は軽症な上、現在は進行を遅らせる薬もあるが、認知症で怖いことのひとつに、患者と面倒を見る家族との間に心の溝《みぞ》が生まれてしまうということがある。

　家の場所を忘れ、金を盗まれたと隣人を疑い、家族の顔をすとんと忘れる。寄り添おうと思えば思うほどに、互いに孤独を深めてゆく。

　誰よりも近い人のはずなのに、突然その相手から自分の存在を否定されること。そういった現実を正面から突きつけられるのは、ぽかりと開いた真っ暗な穴にやむなく落ちてゆくのに似ている。

　医者にできることは限られているが、その暗闇を薄めるような手助けができたらと、恵那は思う。


　翌日の日曜、溜まっていた家事を終えてから遅めの昼食を摂りに外に出た。

　川崎区にある恵那のマンションは白亜《はくあ》の十二階建てで、目に見える老朽がない代わり、いわゆる医者を連想させる豪奢《ごうしゃ》な要素もひとつもない。

車で十分も走れば東京湾沿《とうきょうわん》いの川崎工業地帯や木更津《きさらづ》に抜けるアクアラインに当たり、隣の区にある勤務先の病院へも二十分という時間で着く。生まれもやはり川崎市だが、海側の川崎区ではなく内陸にある区で育ち、両親は今もそこにいて、時々は帰る。

ＪＲ川崎駅と京急《けいきゅう》川崎駅はほど近く、どちらも平日であれば都内に勤務する人々で溢れ返る。駅を中心にして立ち並ぶ大型商業施設はいつ訪れても賑《にぎ》やかだ。

恵那は駅ビルの中で食事を終えた後、生活雑貨の店に入った。

人は生きてゆくのに多くのものを必要とする。買い物をして鬱憤《うっぷん》を晴らす趣味は恵那にはなかったが、ハンガーや、ボールペンの替芯や、単三電池や漂白剤など、後回しにしていたけれど滞りのない生活を送るために必要なものを、さして選びもせずに片端から籠《かご》の中へと放り込んだ。

気づけば五時を過ぎていた。

来る前は一、二時間で帰り、七月にある認定内科医の試験に向けて勉強しようと思っていたのだが、用もないのに色々な店をついつい覗《のぞ》いてしまったのだ。今一人になるとろくなことを考えかねない気がする。考えなくて済むのなら、今は何も考えたくない。

かといってやはり勉強のことが気にかかり、いい加減大人しく帰ろうと、歩道橋を渡っていたときのことだった。

総一、と思った瞬間足が止まり、そんなはずない、と思った瞬間落胆《らくたん》と安堵が一緒になって押し寄せてきた。

彼は橋の中ほどで欄干《らんかん》に体をもたせかけ、自分の下に延びている道路の先をじっと見ていた。彫りの深い横顔には翳《かげ》ができており、一点を見たまま動かぬ瞳も心なしか憂《うれ》いを帯びていて昏《くら》い。

総一の弟――修司の存在に気がついたが、恵那は逃げるようにして彼の後ろを通り過ぎた。仕事だからと病院で笑いかけはしたが、できれば必要以上に関わりたくない。胸を掻き乱されるのだ。総一とよく似た顔に。

勉強のために部屋に戻ったはずなのに、結局机に向かうことすらできなかった。

床に座ってベッドにもたれかかり、むしゃくしゃとした思いに任せて買って来たものの包装を乱暴に剝《は》がす。

これでは駄目だと分かっている。こんなことをしてもなんにもならない。でも、修司を見かけてしまったことで余計に総一のことしか考えられず、何かをして気持ちを紛《まぎ》らわせていなければ今すぐ叫んでしまいそうだ。

これでも必死に堪《こら》えているのだ。なのに、何故なのだろうか。一秒ごとに部屋の中のものが滲《にじ》んで形をなくしてゆく。

白衣を掛けるハンガー、医療具の入ったボストンバッグ、マグカップ、野球ボール、自分を支えてくれる様々なものたち。

周りに溢れる日常に、嫌でも想像せずにはいられなかった。

新婚旅行先のスペインで、総一は今、何をしているのだろうかと。

サグラダ・ファミリアが見たいらしい。そうなんだ。サンティアゴ・デ・コンポステーラも歩きたいみたいだ。そう。彼女も俺もクリスチャンでもないのにな。

50

そう――。

ふと体中から力が抜けて、両手をどさりと床に落とした。出したままにしてある野球ボールが、曲げた関節にこつりと当たる。

ボールを見ながら、自分は馬鹿だ、とこれまで数え切れないくらいに何度も思った。

彼はこんなにも遠いのに、諦める時間はありすぎるほどあったのに、なのにどうして十年間も、こんなにずっと、彼のことだけ。

手元のボールを取って、いつものように壁に投げる。戻って来たボールを取り上げて、すぐさままた投げた。

何度も取って、何度も投げる。

寂しい夜、独りの夜、これまでずっと、してきたように。

高校で出会った総一は、恵那にすべてのことを教えてくれた。

バットの持ち方、部活後の買い食いの『作法』、自転車に二人乗りして風切ることの心地よさ。

深く呼吸をすること、ふたたび友を信じること、そして、人を愛することの煌《きら》めきを。

気胸《ききょう》という肺の病気を患ったのは、二年の夏の地区大会の直前だった。

ベッドの上から「ホームランボールでも持って来てくれよ」と笑いながら言ったのは、見舞いに来てくれた総一の方が、ひどく落ち込んで見えたからだ。

手術のことなど気にせずがんばってくれればそれでよかった。本当にボールを持って来てくれるだなんて少しも思っていなかったのだ。

——だって約束しただろ。

ボールを手の中に握らせてくれながら、総一は言った。

——早くよくなれ。それでまた一緒に野球やろうぜ。

総一が笑ってくれた、そのとき。

——総一。好きだ、好きなんだ……。

自分のことを忘れずにいてくれたことが嬉しくて、好きだという気持ちをそれ以上抑えておくことができなかった。

病室の外にクラスメイトがいるなどとは思わずに、泣きながら総一にしがみついてしまっていたのだ。

退院明けの月曜、陰鬱《いんうつ》な気持ちで入ろうとした教室が何やら騒然と沸《わ》き立っており、おそるおそるドアを引いてみると、総一が男子の上に馬乗りになって両手で胸倉を掴み上げていた。

——ああそうだ！　俺だってあいつが好きだよ。千尋みたいな友達がお前にいるか？　いないだろう。いいか、今度俺たちのこと馬鹿にしてみろ。一生許さねえからな！

衝撃に、塞《ふさ》いだはずの胸のうちが張り裂けるようにわななないた。彼の『好き』が友愛であったとしても、いや、濁《にご》りのない友愛であればこそ、自分のことを庇《かば》ってくれた総一の言葉は胸を打った。

嬉しくて、でも同時に、総一への想いはもう殺さなければいけないのだとはっきり悟った。総一の友情を無駄にしたくなかったし、何よりいつかふたたび気持ちが暴走して、総一が離れてしまうような事態になることが怖かった。

最愛の恋人を見つけるのと同じくらい、信頼できる友人を見つけるのが難しいことは中学のときに教えられていた。

たとえ恋人になれなくとも、総一のことだけは何があっても失いたくなかった。

総一のためならなんでもしよう。と、このとき様々なことを胸に誓った。

自分の手を引いてくれた、暗闇から救ってくれた、彼が幸せになるためなら、自分のすべてを捧げよう。

そう思ったのは嘘ではないのに、どうしてまだ、自分は泣いたりしているのだろう。

途中で疲れてしまったかのように、手元に届かずボールが止まった。

恵那は膝を抱えて顔を伏せ、今日もまた、声を上げずに涙を流した。


検査の結果、キクはやはりアルツハイマー型認知症で、初診から一週間経った今日、本人と家族に病名が伝えられた。おおかた予想していたのかキク本人はさして驚かなかったが、母の方が応《こた》えたと見えて、微《かす》かに目元を赤くさせた。

そして、その母の背中に手を添えて支えたのは、先週来た修司ではなく一昨日スペインから帰ったばかりの総一だった。場が場なだけに、総一の表情は硬い。

「全力でお手伝いさせていただきます」

言うと、総一が真剣な面持《おもも》ちで頷いた。

「よろしく頼むよ。お前がいてくれて本当によかった」

「……役に立てるならこっちも嬉しいよ。キクさん、お母さん、何かあっても一人で抱え込まないでくださいね。総一君もいることですし、私もできる限りのことをしますから」

総一にはちらりと視線を投げただけで、すぐにキクの方に顔を向ける。

キクの大事だというのに総一の指の結婚指輪にばかり気を取られる、さもしい自分が嫌でたまらない。

こんなことなら会いたくなかった、これならまだ弟が来た方がマシだ。そんなことまで思ってしまう。

「……ところで、今日は修司君は一緒じゃないんですね？」

歩道橋で見かけたことが頭の片隅にあったのは事実だが、半分は何故修司ではなく総一が来たのか、そんな思いから尋ねた。

「ああ、先週はまだ学校も休みだったからな。俺もいなかったし。あいつ、基本的に土曜は丸一日、日曜も午前中は練習なんだよ。どうかしたか？」

「いや、ただ先週は来たのになって思っただけだよ。……それじゃ、早速ですが今後のことなど説明させていただきますね」

説明を終えると、それまで黙っていたキクが溜息をついてこう言った。

「どれだけ人様に迷惑かけたくないと思っててもねえ。自然には逆らえないよ」

生老病死《しょうろうびょうし》を始めとする自然には逆らえない、それは恵那にもよく分かる。だが、生まれながらにして種の保存の法則に逆らっている自分のような存在はなんなのだろうかと思うと、いつも『自然』そのものの定義が分からなくなってしまう。

診察が終わり、椅子から立ち上がると、総一はようやく気心の知れた笑顔を見せた。

「土産《みやげ》渡したいからさ、いつか時間取ってくれよ」

「……悪いな。気、遣ってくれなくてよかったのに」

いらない、と言えたらどれだけ楽だったことだろう。

笑みを返しながら思っていると、総一が拳《こぶし》を作ってトンと恵那の胸を叩いた。

「じゃな。仕事大変だと思うけど、無理するなよ。また電話する」

診察室の扉が完全に閉まるなり、「あれが前話してらした友人の方ですか」と牧山が訊いた。

「ええ、そうです。高校のときからの……友人です。じゃあ次の患者さんを……」

それから間を空けることなく、患者を呼び入れて診察に集中した。

総一の触れたところが熱くて、痛くて、無理にでも仕事に向かっていなければ、そこから壊れてゆきそうだった。


翌日、歩道橋で先週と同じ光景に出くわしたときにはさすがに総一だとは思わなかった。

修司は確かに総一によく似ていたが、服装も雰囲気も当然総一より若い。

先週は驚きが先に立ってしまい、なんら疑問は感じなかったが、ふと、二週も続けてこんなところで何をしているのかと気になった。空《から》の両手は買い物帰りといった風情《ふぜい》でなし、歩道橋の真ん中で誰かを待っているという風でなし。もちろん、自分には一向に関係ないことではあるけれど。

思いながら、しかし通り過ぎるためにこそこそと俯いてしまったのが仇《あだ》となり、修司の後ろを過ぎて大して行かないうちに、前から来た人と肩をしたたかにぶつけていた。

「いってえな！　どこ見てんだ！」

「あ、すみません」

荒い口調が耳に障ったが、悪いのは俯いていた自分の方で、顔をしかめる若い男に咄嗟《とっさ》に軽く頭を下げた。

「すみませんじゃねえだろ。ああいてえ。こりゃ医者に行かなきゃいけねえわ」

「え？　でもあのくらいで」

「ぶつかって来たのはそっちだろうが。医者代払えば許してやるって言ってんだよ！」

たいがい間が抜けていたとのちのち反省するものの、なんだか変だと思ったときには男三人に囲まれていた。大仰《おおぎょう》に腕をさすって言う男に、これが俗に言う当たり屋だろうかと目を白黒させて考える。

（しっかり、しろ。こんな年下相手に）

肩に掛けたトートバッグを、強く体に引き寄せた。

だが、どれだけ身構えてもいざ目の前で威嚇《いかく》されると動揺してしまうのが人間で、多勢に無勢ということもあり、恵那もうまく対抗することができなかった。巻き添えになりたくないとばかりに足を速める人々に、自分が向こうの立場でもそうするだろうと心を重く沈ませる。

「じゃ、じゃあ、病院に行きましょう。それで気が済むんでしたら」

できる限り剣呑《けんのん》に睨《にら》みつけたつもりだが、にやけたままの男の顔から効果がなかったことが分かる。控えめな顔立ちでも気迫を持つ人間というのは存在するが、言うなればこの迫力というものが恵那は致命的に欠けているのだ。

「ああ、もうめんどくせえなあ。ちょっとさ、あっちで話そっか」

「ちょっ……」

手首を掴まれて前のめりになり、恐怖というよりは嫌悪感からざあっと全身に鳥肌が立つ。このまま身包《みぐる》み剝がされて、まさか袋叩きにでもされるのだろうか。

冗談じゃない、と腰を引いて抵抗していると、摑まれたときと同じ突然さで男の手が離れていった。いつの間にか隣に現れていた姿を見上げて、一瞬息を止めてしまう。

「先生、大丈夫ですか。警察呼びますか」

「ああ？　なんだてめ……」

腕を取られた男も声の主を睨んだが、逆に上から見下ろされて怯《おび》えたように体を縮めた。威圧するように被さる大きな影と、男たちを射抜く、力の籠《こ》もった鋭い瞳がそこにある。

「今、警察呼びますから」

「おい、行くぞ！」

修司がジーンズから出したスマートフォンに指を滑らせると、男たちは一瞬にして焦った様子で身を返した。そして修司が一言も声を発しないうちに、ばたばたと足音を立てて元来た道を戻ってしまう。


　恵那はその様に、安堵を通り越して思わず唖然《あぜん》と口を開いた。そのうちに電話が繋がったようで、頭上から抑揚《よくよう》の少ない落ち着いた声が聞こえてくる。

「もしもし。すみません、知人が恐喝《きょうかつ》されそうになっていたんですが、解決しました。はい、ご迷惑おかけしました」

「ほ、本当に警察にかけたのか？」

　そんな言葉が口をつくと、通話を切った修司が「かけましたけど」と不思議そうな顔で答えた。

「神奈川県警にかかりました」

「あ、そう……。ええと、ありがとう。助かった」

　気を取り直して礼を言うと、精悍《せいかん》な頬に赤味が差し、もしかしたら彼は無愛想なのではなく単なる照れ屋なのだろうかとふと思った。

「いえ、当然のことしただけですから……。あ、そういえば祖母のことですけど」

「ああ……お母さんから聞いたのか？」

「はい」

「大変なことも出てくるだろうけど、何かあったら相談してくれ。もし俺で力不足ならうちにはベテランの先生もいるから」

「力不足だなんて……。恵那先生はすごいお医者さんです。ばあちゃん、最初は病院行くのも嫌がってたんですけど、診てもらって、恵那先生ならって安心してました。母も俺も、信頼してますから」

信頼という言葉の中には総一の友人という意味も含まれているのだろう。

そんなことを思って気が沈みかけたところで、修司が言った。

「あの、それで、母に言われた件なんですけど。あんまり手伝っちゃいけないって」

初診のときのハンカチの件だ。ああ、やっぱりうまく伝わっていない、と落胆の息をすんでのところで呑み込む。

「いや、手伝っちゃいけないってわけじゃ」

『できることはさせた方がいい』というのと『手伝うな』とでは意味が違うが、自分の言い方に問題もあったろうし、修司は行為を咎《とが》められたと思ったはずだ。

どう誤解を解こうかと考えていると、修司が先に口を開いた。

「スプーンが持てるようになりました」

「え？」

会話の流れが分からず首を傾げると、遅れず先が続けられた。

「少し前から箸《はし》が持てなくなっちゃってたんです。それで、食べさせてあげてたんですけど、先生からのアドバイス聞いて、ハンカチも握ってたしスプーンだったら持てるんじゃないかと思って。最初は落としちゃうことが多かったんですけど、五日くらいでちゃんと持てるようになりました」

「食べさせてたって、君が？」

「夜だけですけど。昼は母が。でも、また自分で食べ始めましたから」

思わずまじまじと修司の顔を凝視《ぎょうし》する。律儀にアドバイスを聞き入れたばかりでなく、修司はごく日常的に祖母の面倒を見ていたのだ。まだ高校生なのにと感心するとともに、嫌々付き添って来たのではと誤解したことが申し訳なくなる。

そこで、ふと、彼の目元の茶色い隈《くま》が気になった。

「え、と……それだけ、なんですけど」

視線をどう受け取ったのか、それきり修司は口を噤《つぐ》んだ。

恵那にももう何も言うことはなかったのに、遠くを見ていたときの修司の顔が頭をよぎり、何故だか後ろ髪を引かれる思いがして、あっさりと立ち去ってしまうことが憚《はばか》られた。

どれほど黙ったまま向き合っていただろう。

「あの……恵那先生、は」

おもむろに呼ばれ、修司と目を合わせた。

「気持ち、とか、頭の、問題とか」

ぼそぼそと告げられた言葉になんの話かと首を捻《ひね》る。医者としての自分に何か相談事でもあるのだろうか。もしもそうならば、総一と似ているなどという理由でまごついている場合ではない。

「どうか、したのか？　俺でよければ……相談に乗るけど」

思い切って提案をしてみたが、修司は我に返ったように目を開き、瞳を揺らして唇を震わせ、まるで逃げるかのように後ずさった。

「いえ、いいんです。すみません、変なこと言って、本当にすみませんっ」

「あ、ちょっと待っ……」

駆け出した修司を呼び止めたが、もちろん彼は立ち止まらず、歩道橋の階段を下りて行く姿が段々見えなくなっていった。

大丈夫だろうかと眉が寄る。沈痛な面持ちといい、彼自身が体に何かしらの異常を感じているのではないか。往来で言うのにためらいがあるのは分かるが、本当に症状が深刻ならすぐに病院に来て欲しい。

(気持ちとか、頭の問題、か)

どちらにしても不穏《ふおん》なことだ。

漏らされた言葉を頭の中で反芻《はんすう》しながら、恵那は修司が消えて行った先を複雑な思いで眺め続けた。


中途半端に聞かされたままでどうにも胸がもやもやしている。

翌週の日曜、今日もいるだろうかと思いながら、恵那は歩道橋の階段を静かな足取りで上がって行った。

修司に会いたかったわけではなく、むしろぎりぎりまで放っておこうかと思ったのだが、僅かの差で心配の方が勝《まさ》ってしまった結果のことだ。

修司は総一の弟なのだ。このまま放っておいて修司にもしものことでもあれば、総一が悲しむばかりでなく恵那の夢見も悪くなる。

修司はやはりいたが、今日は欄干に背をもたれさせて立っていた。恵那に気づいたときの表情から、彼が待っていたのだと分かる。

恵那がゆっくりと近づいて行くと修司は体を起こし、極度の緊張を露《あら》わにして、肩をいからせ眉根を寄せた。

「あ……あの」

唇をもどかしそうに動かすもののそれきり先が続かない。耳まで赤くなった幼い顔を医者の気持ちで先導した。

「よかったら……うち来るか？」

「え？」

どの道デリケートな長い話になりそうだった。修司には先週助けてもらった恩もあり、こうなることを半分は見越していたようなところもある。

修司は長く濃い睫毛《まつげ》を迷い犬のように瞬かせた。背景の空には浅葱《あさぎ》と朱鷺色《ときいろ》が滲み、流れる車が赤いライトをぽつぽつ灯し始めていた。

頷いた修司を伴い、早々に歩道橋を渡って行く。マンションに着くまで修司は一度も並ぶことなく、ずっと後ろについて歩いた。

十畳ほどのワンルームと、恵那の部屋は独り暮らしであれば充分な広さがある。繁華街に近いせいか倉庫や事務所として使っている人もいるようで、そこそこ入居者はあるようだが、両隣から日曜日に音が聞こえてきたことはない。

部屋に上がるとすぐ、修司は息を吸い込んだ。

「何？」

振り返ってみると、彼の目は正面にある窓ガラスへと向けられていた。

ベッドとローテーブルとテレビ、あとは机と簞笥《たんす》があるくらいの殺風景な部屋だが、十階のため遮るものなく東京湾沿いの工場夜景が見渡せる。群青《ぐんじょう》の中、ぽうっと光る今の姿も美しいが、闇夜を鮮烈に切り裂いたとき、彼らは真価を発揮する。

「綺麗、ですね」

「毎日見てるとさすがに慣れるけど。悪い、うちソファとかないから適当に座ってくれるか」

修司はぎくしゃくとした様子で窓を背にして腰を下ろした。

「何か飲むか……ってジュースとか炭酸とかあればよかったんだけど。お茶かコーヒーか、あとは水くらいしか」

恵那はジャケットを脱いでから、玄関脇のキッチンに戻った。

「水、水でいいです」

「俺、自分にコーヒー淹《い》れるけど」

「いえ、本当に水で」

遠慮なのか本当にいらないのか分からず、冷蔵庫からミネラルウォーターを出してグラスと一緒にテーブルに置く。が、修司はペットボトルを凝視し続け、しばしの間動かなかった。とぽとぽと落ちてゆくコーヒーの音だけが、静かに部屋の中を遊歩する。

恵那がコーヒー片手に斜向《はす》かいに座ってようやく、修司は「いただきます」と言ってペットボトルの蓋を捻った。

「先生、本当にすみません。甘えて、自宅まで来たりして」

「声かけたのは俺だよ。それに、外でまで先生なんて呼ばなくていいから。俺もお前って呼んでいいか？　ええと、高校何年生？」

「三年、です」

「そうか、それじゃ総一とはちょうど十歳違うんだな。お前、本当に大きくなっててびっくりしたよ。こっちのことは覚えてないだろう？」

「あ……すみません」

リラックスさせるために会話を投げたまでなのに、修司は本当に申し訳なさそうに目を伏せた。

やっぱり総一に似ている、と相手が見ていないのをいいことに、瞳で姿をなぞってしまう。直毛ではなくややくせのある黒い髪、眉との間が狭い丸みの少ない二重瞼《ふたえまぶた》、照りのある頬やしっかりとした鼻筋、ふっくりとした耳たぶや、綺麗な肩の隆起まで。

「覚えてなくて当たり前だって。そういえばあの頃は大きい犬がいたよな。まだ元気か？」

「いえ、三年前に死んじゃいました。……恵那、さん、あんこのことも知ってるんですね」

「あの犬あんこなんて名前だったのか？　もしかしてあんこ色だったから？」

「そうです。胸のところだけが丸くて白かったんで、フルネームは速水あんころもち。兄さんがつけました」

修司は悩みを相談しに来たというのに、総一らしさに触れて恵那は思わず笑いを零《こぼ》した。修司も控えめにではあるが、にこっと笑いを返してくれる。

「総一らしいな。あいつがつけたって分かるよ。俺、あの犬好きだったよ。行くといつもおすわりしててさ。死んじゃったのか……残念だな」

入口で迎えてくれるのが本当に嬉しかったのを覚えている。ここに来てもいいのだと、許されている気がしたのだ。

「あの、前からそうじゃないかなって思ってたんですけど、もしかしてあんこのこと撫でてくれてたのって恵那さんですか？」

言われて少しばかり考えた。

「や、撫でてはいたけど、お前が思ってる人と一緒かは分からないよ」

「俺、顔はぼやけちゃってるんですけど、その人のことはよく覚えてるんです。恵那さんは兄さんと高校時代から友達なんですよね？」

遠くを見るように、修司の目が細められた。

「そうだけど」

「じゃあ、やっぱりその人かもしれないです。だからか分からないですけど、最初見たときから優しそうだなと思って。病院でも、すごく話し易そうだと思ったから」

そう言われれば悪い気はしないが、正面から言われるとやはり少々照れくさい。

一概に医者は客商売ではないなどと言われるが、実際のところ、こと内科医に関しては患者の心証がとても大事で、横柄《おうへい》に接して信用を失い、家で薬を飲んでもらえなかったらすべての診療が水の泡《あわ》になる。それを避けたいと思えば自然と物腰は柔らかになるのだが、今回は思わぬところでそれが功を奏したらしい。

「そう思ってもらえたならよかったけど……そういえば、この前歩道橋でも何か言いかけてたよな。どうしたんだ？」

会話の続きだというようにさりげなく問いかけると、修司は紅潮した顔を下向けて、胡坐《あぐら》の足首を摑んだ。

「あの……俺、病気っていうか、自分がおかしいんじゃないかと思って」

やはり彼自身のことで悩んでいたのだ。声をかけてよかったとほっとしたが、すぐに気を引き締めた。

「どんな風に？」

「俺……ふざけてるわけじゃなくて、本当に、苦しくて」

「ここは病院じゃないしお前は患者じゃないけど、医者として真剣に考えるし、口外しないと約束する。それと、念のため先に言っておくけど、俺は精神科とか心療内科とか、『心』が専門じゃないんだ」

「違うんですか？」

上げられた瞳は驚きに開かれていた。混同されるのは今に始まったことではないので、手短に要所だけを説明する。

「『神経内科』が診るのは、脳とか神経とか筋肉とか、『心』じゃなくて『体』の方の病気なんだ。多いところでは頭痛とか眩暈とか脳梗塞《のうこうそく》。難病でも聞き慣れたところではパーキンソン病なんかが神経内科の分野になる。ああ、最近はスマホの持ちすぎで手が痺《しび》れるなんていうのも多いな」

もちろん一人の人間の『心』と『体』を切り離すことなどできず、双方に密接に関係するとみられるもの——代表的なところでは認知症——の場合、心療内科と神経内科の両方が診療に当たることもあるが、その説明は今は避けたい。

「そう、なんですか」

「だからといって痛みを訴えている人の話が聞けないわけじゃない。日本の医者は大きく分けて二通りしかいないから」

「二通り？」

「医者と歯医者。歯医者になるには歯科医免許が必要だけど、それ以外は医師免許を取れば何科でも好きなのを名乗れるようになってるから。だから大抵の医者は大学卒業した後も専門医になるためにまた何年も勉強するんだよ。俺だって神経内科医って言ってるけど……って俺の話はいいんだ。つまり、俺はお前の話を聞くことはできるってことだよ」

改めて修司を見ると、瞳が潤み、唇が物言いたげに震えている。促《うなが》すように頷いてやると、修司はすぐに口を開いた。

「辛《つら》い、んです。夜も眠れなくて授業中に寝ちゃうし、顔に出てるんじゃないかと思うと、まともに人と目も合わせられなくて」

顔に、と言ったくだりで、結婚式で会ったときや、病院での彼の態度が思い出された。

伏し目がちで、目が合ってもすぐに逸らしてしまう。牧山と肘が触れたときなどは、ひどく険しい顔をした。

(あの態度も辛さの裏返しだったのか?)

そう思うと一連の態度にも納得がいったが、ただこれだけでは肝心の抱えているものが分からない。

「何が辛いか具体的に教えてもらっていいか? どこかが痛いとか、何か悩み事があるとか」

訊くと、修司の頬が数度ぴくりと痙攣《けいれん》した。

手掛かりは少ないが、答えを待つ間に恵那なりに考えてみる。

顔に出ることを恐れるからには感情面だろう。だが仮《かり》に精神的な病気ではないかと思っていても、赤の他人に気づかれることをそこまで恐れたりするだろうか。

自分に対して警戒するのは分かる。兄である総一の友人だからだ。だが初対面であろう牧山に対してまで、何故あれほどまでに過剰な反応をしたのだろうか。医療関係者だからか。他にどんな可能性があるだろう。看護師、三十代、それから。

「あの……自分でしても……全然、治まらなくて」

それから牧山は、女性だ。

「……ええと、つまり、こういうことでいいのか? 健全な証拠ではあるけど、性欲が困るくらいになってる、と」

いっそう赤くなった顔が答えの正しさを表していた。

予想もしていなかったことに思わずベッドにもたれかかる。一瞬、高校生だったらそんなの普通だと思ってしまったが、恵那にももちろん彼の苦しい気持ちは分かった。それどころか自分はこの男の兄に欲望を向けていたのだと、罪悪感から咄嗟に瞳を逸らしてしまう。

「俺っ……ふざけてません。本当に、つら、くて……」

呆《あき》れられたとでも思ったのか、修司は必死な様子で言葉を重ね、今は自分のことにかまけているときではないと、慌ててベッドから背中を起こした。

「分かってるよ。ふざけてるなんて思ってないから心配しないでくれ。苦しいよな。よく、分かるよ」

修司は目を丸くして恵那を見てから、下唇を噛《か》み締めて感極まったように頷いた。こういうとき、同性はどうしたって便利だと思う。体でしか理解できないことが結構世の中には多いのだ。

「誰か好きな相手がいるのか？　恋でもしてるんだったら当然のことだと思うんだけど」

「そういう相手は、いません。誰かっていうことはなくて。でも、だから、そういうことばっかり考える自分が……き、汚い気がして。自分が怖いくらいなんです。本当に頭が沸騰《ふっとう》してるみたいにぐらぐらして、たまに、絶対駄目だって分かってるのに……そういう店のことまで考えちゃって」

ああ、だからか、と言われてようやく思い至る。彼がどうして歩道橋から道路の先を見ていたのか。見つめていた先、そこは地元民であれば誰もが知っている色街だ。

「こんな言い方をするのは失礼かもしれないけど、お前とだったら付き合いたいと思ってる子は学校にもいるんじゃないのか？　誰かと付き合ってみるとかは」

「告白してくる子は……います。でも、相手は俺のことを想ってくれているのに、その子の体だけを目的に付き合うことは、できません」

至極《しごく》真っ当なことなのに、ひどく珍しいことを耳にした気がした。たぶんこの真面目さが彼自身を追い詰めている一因でもあるのだろう。

修司は抱えた膝の間にすっぽり顔を埋めていた。大きな体をしていても彼は多感な高校生で、羞恥《しゅうち》心《しん》から誰にも言えず、一人で悩んでいたに違いない。職業からというよりも、なんとかしてあげたいと性から思う。

「分かった。じゃあ、露骨《ろこつ》なことからで悪いんだけど、大事なことだから確認させて欲しい。肉体的な異常……つまり、陰部に外傷ができるくらい自慰《じい》してしまうとか、そういうことはあるか？　お前が『治まらない』って言ってるのがどの程度のことなのか知りたいんだ」

修司は息を詰まらせたが、恵那が真剣に見つめているとすぐに強張《こわば》りをほどいた。

「傷、とかはないです。そこまでじゃ……」

「そうか。だったら性欲は強い方なんだろうけど、過剰でもないと思うよ」

「そう、ですか？」

「ああ。本当に性欲が異常になって、つまり脳のコントロールする部分に異常が起きてって意味だけど、そういう人たちは自分や、ときには他人の体を傷つけても行為を止めることができないんだ。それが病院にかかる『異常』。だから、お前はごくごく普通の健康な高校生なんだ。俺の言ってることは分かるか？」

頷きを認めてから、恵那は続けた。

「それに、社会的な問題行動を起こしてるわけじゃないんだろうから、汚いなんて思わなくていい。

ただ、辛いは辛いだろうから、溢れてくるエネルギーを他で紛らわせられればいいんだろうけど。スポーツは……バレーボールをしてるんだっけ？」

「はい。部活のときは大丈夫なんです。ばんばんボール飛んでくるんで、他のこと考えてる暇ないですし。でも、その分終わったときがひどくて。試合の後なんかは、特に……」

「試合の後、ね。いつから今みたいな状態になったか、それは分かるか？」

修司は視線をテレビの上にうつろわせた。左上を見るのは記憶を手繰《たぐ》っている人の目の動きだ。

「前からそうなることはありましたけど、毎日みたいにひどくなったのは……今年の二月くらいからだと思います」

「二月かそれより少し前に何かなかったか？　環境が変わったとか、ショックを受けることがあったとか」

彼は考えるように手を口元に持っていったが、何かに思い当たったのか突然息を呑み込んだ。

「キャプテンに、なりました。一月に春の大会が終わって、先輩が引退したので」

解決に繋がる糸端を摑んだ手ごたえがあった。ぐちゃぐちゃに絡んだ糸よりも、更に複雑に絡み合う人の精神という名の糸を。

「もう少しバレーとの関係について教えてくれないか。いつから始めたとか、今の状況をどう思っているのかとか」

修司は落ち着きなく組んだ指を動かしていたが、やがて整理がついたと見え、これまでの生活をぽつりぽつりと語り始めた。

小学校からずっとバレーボールに打ち込んで育ってきたこと。実業団に入って全日本に選ばれるのが夢なこと。そして周りの期待に押し潰されそうになるといったことまでを、包み隠さず打ち明けた。

「『信じてる』って言葉が、一番キツいです」

「信じてる？」

「はい。『お前なら大丈夫だ、やってくれるって信じてる』って言われると、すごく怖くなるんです。失敗したら誰かに怒られるのかな、もうこの人たちに必要とされないのかな。もしバレーができなくなったら、誰も俺のことなんか見向きもしないんだろうなって」

『信じてる』か、としんみりとした気分で恵那は思った。励ましの表れなのだろうが、言われる側からすると良くも悪くも重みのある言葉だ。

期待を背負っているのは悪いことではない。それに鼓舞《こぶ》される人間がいるのは確かだし、成長するためにある程度のプレッシャーが有効なのはどの分野でも同じだろう。

だが、人はそれぞれ資質が違うばかりでなく、その資質を司《つかさど》る『心』と『体』は不変ではないのだ。どれだけプレッシャーに強い人間であっても、人生の中には重荷に『堪《た》えられるとき』と『堪えられないとき』が確実にある。

また、自分でははっきり期待に添えないことが分かってしまい、絶望の淵《ふち》で苦しむことも。

（期待されるのも楽じゃないよな……）

もしかしたらそのプレッシャーが関係しているのではないか、そう思いながら切り出した。

「さっき、試合の後にそうなることが多いって言ったな」

「……はい」

ひとしきり話すと落ち着いたのか、修司はふたたび胡坐になった。

「たぶんだけど、お前は試合中とか、練習のときでも、普段より何倍も集中して緊張しているんだと思う。その反動が性欲って形で出ているのかもしれない。ストレス解消って面もあるだろうけど、精神や肉体がぎりぎりの状態に置かれると性欲が高まるのは、生き物としてごく自然なことだと思うし」

「自然、ですか？」

「たとえばバイクで時速二百キロで飛ばしたりすると勃起状態になることがある。転んだら終わりっていう死すれすれの状況が脳を刺激するんだよ。日常生活でも上に立つ人間、特に日頃から命が危険に曝《さら》されているような人にそういう興奮が見られることがある。キング牧師も女性関係はひどかったけど、その辺りに理由があるんじゃないかと俺は思ってる」

「キング牧師ってマーチン・ルーサー・キングですか？　黒人の差別問題で活動した人ですよね」

頷いて口をつけたコーヒーは既に冷めていたが、乾いた喉を潤すのにちょうどよかった。

「死ぬ前に自分の種を残したいっていう本能なのかもしれないな。俺は人の体について知っていくたび、感情の多くは体に支配されているんだと思うようになった」

「俺、自分で思っている以上に余裕がないんでしょうか」

悩ましげに寄せられた眉に『俺の器《うつわ》は小さいのか』と書いてある。ひとたび膝を交えてみれば、修司の表情は豊かだった。

「俺が今言ったのはあくまでひとつの可能性だ。まったく違うところに原因があるのかもしれないし、もしくは単純に年齢的な話かもしれない。でも、目に見える症状があるってことは、体が何かを訴えてるってことだから、その声を無視したり嫌ったりするんじゃなくて、受け入れることから見えてくるものもあると思う。お前は、そうだな……まずは今度同じような状態になったら、『自分の体は生きようとしているんだ』って思ってみるのはどうだろう」

「生きようと、している」

意味を確かめるように繰り返す修司に、言い聞かせるように言葉を重ねる。彼の問題は行為そのものではなく、行為の受け止め方にあると思った。

「そう。行為を否定するんじゃなくて、明日を一生懸命生きるために必要なんだって肯定してみるんだよ。お前が寝られないのはなんでだ？　半分くらいは自慰したことを後悔してるからじゃないのか」

「それは……」

口籠もったが、修司は頷いた。

「自分は汚いなんて罪悪感……そっちの方がよっぽど問題だよ。充分な睡眠が取れないと頭だってちゃんと動かなくなる。それだって問題なわけだから、罪悪感を捨てて、まずはゆっくり寝られることを目標にしてみたらどうだろう。それで何も状況が変わらなかったら……また話し合おう」

診断を伝えながら見つめると、修司は俯きながらも両手でぎゅっと足首を摑んだ。話し始めたときと同じ仕草だったが、眉間《みけん》に険しい皺がない。

「はい……分かりました。ありがとう、ございます」

濡れたような修司の睫毛から窓の外の輝く工場へと目を逸らす。「恵那さんに話せてよかったです」

と言う声が、灯《あか》りの中から聞こえた気がした。

「すみません、突然来てこんな遅くまで。今何時……え？　九時!?」

「いや、あれ止まってるから」

壁の時計を見て驚いた修司に、腕時計を確認しながら返事をする。七時を回ったところだが、ここから速水の家までは電車を乗り継いで三十分ほどかかる。

「あの、電池ありますか？　もしよければ取り替えますけど」

突然の申し出に戸惑ったが、これも何かの啓示かもしれない。思い切って取り替えるのにいい機会だと思い、ありがたく厚意を受けることにした。

「もしかして恵那さんて、結構綺麗好きですか？」

不意に、時計を手にした修司が言った。

「……なんで？」

「あの、部屋も綺麗だし、それと、この時計の上のところ埃《ほこり》被ってないから。この前うちのも替えたんですけど、ちょっと汚れてて。だから、マメに掃除してるのかなって」

掃除はしていても電池は替えなかったのか。暗にそう言われたような気もしたが、それはさすがに疑心暗鬼《ぎしんあんき》というものだろう。

「嫌なんだよ。埃とか……身の回りが汚れてるの」

どれだけ落ち込んでいても疲れていても、恵那は掃除だけは欠かさない。

そうですか、と修司は言い、時計を白い壁に戻した。

新しい電池を得、テレビの上に掛けられた時計が難なく動きを取り戻してゆく。総一が結婚すると聞いた数日後に動かなくなり、以来針を止めたままだった。

我ながら子供じみた感傷だと思う。電池を替えられなかった理由が、時間が進む分だけ総一との距離が開いてゆくようで悲しかった、なんて。

車で送ろうかと言ったが修司は遠慮し、恵那も二度は申し出なかった。いつもとは違う日曜日にやれやれと思いながら、玄関まで見送る。

「あの……また来ても、いいですか？」

「え？」

最後の最後まで予想外の展開に驚いていると、修司が縋《すが》るように「駄目ですか」と問いかけてきた。

避難所を見つけたような気持ちなのだろうが、どうしたものかと思案する。確かにこのまま捨て置くのは良心が痛むし、状況が変わらなければまた話そうと言ってしまったことも本当だ。

でも、それよりも何よりも、総一と同じ顔にお願いされて断れるほど、自分は強くできていない。

「別に、いいけど……」

溜息混じりに言ったはずなのに、修司は瞳を輝かせた。そして、今度は恵那さんのこと教えてくださいと言いながら、出会ってから初めて高校生らしい、あどけない顔で大きく笑った。

「これがナスと鶏肉《とりにく》のトマト煮ですね。こっちがきんぴらで」

テーブルの上に並べられてゆく色とりどりのタッパーの蓋を眺めながら、今の展開を考えあぐねる。

「あのさ、気持ちはありがたいけど、お礼って言われても最初に助けてくれたのはお前なわけだし、それにこんなのお母さんに悪いだろ」

「でも俺、自分で作りましたから。恵那さんにって言ったら母親も手伝ってくれましたけど。玉子のきんちゃくのやつ。これは海老《えび》が入ってるから早く食べた方がいいそうです。でも、他のは全部自分で作ってて」

修司が黄色の蓋を開けると、海老と玉子のほんわかとしたいい匂いが漂った。緑の蓋はピーマンの肉詰めのようだ。

「お前が？　本当に？　なんでこんなの作れるんだ？」

「なんでって、中学のときから手伝ってましたから。あの、でも、もし迷惑だったなら」

「迷惑ってわけじゃ……。でも俺、別に料理」

しないわけじゃない、という言葉は呑み込んで、本当に調子が狂うと思いながらも仕切り直すように一息つく。よかれと思って作って来たのだろう、弁当を前に俯く姿が哀れになる。

「じゃあ……念のため訊くけど、そのテーピングと弁当はなんの関係もないんだな？」

また来てもいいかという『お願い』の通り修司は早速翌週やって来て、お礼と称した弁当、そして右手にされたテーピングによって恵那のことを驚かせた。テーピングは指先から手の平、手首にまで及んでいる。

「違います。これは普通に部活で突き指して。でもなんか痺れが出て来たからテーピングでもしておこうかと思って。あ、料理するときはちゃんと取りましたから」

「そんなこと言ってるんじゃない。痺れ？　大丈夫なのか？　ちょっと見せて」

「え？　いいですよ、大丈夫です」

手が疼《うず》くという表現は当たらずとも遠からずといったところだ。遠慮する修司を尻目に、恵那はいそいそと修司の長袖を捲《まく》り上げた。

「痺れがテーピングで治るわけないだろう。スポーツマンなんだから大事にしないと。手、親指から順番に折り曲げてみて」

ただの突き指ならまだしも神経に傷でもついていたらどうするつもりだ。

そう思いながら立ち上がり、椅子に掛けてあるボストンバッグから打腱器《だけんき》の入っている革《かわ》のケースを取って戻る。

打腱器は、腱や関節を叩いて現れる反射によって神経の状態を診るためのハンマー型の道具で、柄《え》の部分は金属製だが腱を叩く先端はゴムでできており、形は三角形や円盤形など色々あって、恵那のものは白い三角形をしている。

「力抜いててくれるか」

腱の位置を指で辿《たど》ってから、打腱器を慣らすように二、三度軽く空振りをする。それから手首の内側の中心に狙《ねら》いを定めて、しなりをきかせて振り下ろした。

「いでっ！」

「正中神経か……じゃあ次は左手出して」

痛みからだろう、右手を小刻みに震わせながら、修司が解《げ》せぬように上目遣いに見上げてきた。

「左、ですか？　でも左は痛くないんですけど……」

「比較して診るんだ。俺の叩き方が悪くて痛かっただけだったら洒落《しゃれ》にならない」

左に異常がないことを確認してから、右に戻って肘を取る。窪《くぼ》みに親指を添えてその上から打腱器を当てると、正常な肘の屈曲が確かめられた。そして、上腕の裏側も叩いてから打腱器をテーブルに置き、今度は肩関節に指を差し込んで触診する。

「ところで俺に会ったことお母さんに言ったんだな。なんて言って説明したんだ？」

触れながら何気なく、気になっていたことを問いかけた。

「体の……相談に乗ってもらったって。筋肉とか、そういうことだと思ったと思います」

「なら今本当にしてるんだからちょうどいいな。いや、お前が平気だったならいいんだ。この辺はどうだ？　首とか肩から痺れが来てる可能性もあるから」

修司と会ったことを母が知っているのならば、総一の耳にも入ったかもしれない。自分のことをちらりとでも思い出してくれただろうかと虚《むな》しい期待をしながら、修司の首筋に指を当てたときだった。肌が湿り気を帯びたかと思う間もなく、赤い斑紋《はんもん》が鎖骨《さこつ》の辺りに浮かび上がる。驚いて見ると修司は顔を赤くして、さも恥ずかしそうに瞳を脇に逸らせていた。

手を離して元いた位置に座ってみて、遅蒔《おそま》きながらどれだけ近づいていたかに気づく。医者だと思うから相手は大人しく触らせているだけで、親しくもない相手にプライベートで触られるのは決して気持ちのいいことではない。

「もし痛みが続くようなら整形外科に行った方がいい。……悪かった。病院でもないのに」

「いえ……ありがとう、ございます」

総一の弟だと思うからだろうか。避けてみたり、近づきすぎてみたり、どうにも修司との距離をうまく摑むことができない。せめて外見がもう少しでも総一に似ていなかったなら、もっと冷静に対応できた気もするのだが。

そんなことを思っていると、修司が素朴《そぼく》な口調で訊いた。

「あの、恵那さんは、どうしてお医者さんになろうと思ったんですか？」

面食らったが、そういえば先週『今度は恵那さんの話』とかなんとか言っていたことを思い出し、すぐに返した。

「高校二年のときに気胸、って肺に穴が開いて潰れる病気だけど、になって、手術してくれた医者がすごくいい人で。何かが目に見えて治せるのはいいなって、単純だけど自分もなりたいと思った」

なんらかの原因で肺に穴が開くと、漏れた空気は周りの胸腔《きょうくう》に溜まってゆくのだが、胸腔も肋骨《ろっこつ》より外側には膨《ふく》らめないために、より柔らかな肺の方を圧迫していってしまうのだ。人間の体は空気がないと生きられないが、循環することなく留まる空気は人の体を殺しにかかる。

「手術って、でも恵那さん、野球部だったって」

「だからやめたよ。二年間は再発の可能性が高いって言われたし、勉強にも力入れなきゃいけなくなったから、要は潮時だったんだけど」

気胸になったからといってまったく運動ができなくなるわけではないのだが、生憎《あいにく》諸々のコンディションが整わなかったのだ。また一緒に野球をしようと言ってくれた総一の気持ちに添えなかったことが、心残りと言えば心残りではある。

「そうですか」と修司は痛ましそうな顔で言い、彼の横に転がっていた野球ボールをそっと撫でた。

一瞬どきっとしたが、それよりもおざなりでない丁寧な仕草に、彼はスポーツマンなのだと思う。

おそらくは自らの身に置き換えて考え、好きなスポーツができなくなったことに同情したのに違いない。快活な総一とは性格が違うように思ったが、彼もまた優しい男なのだということが、会うたびごとに分かってくる。

「このボール、高校のときのですか？」

修司がおもむろに野球ボールを取り上げた。その姿に総一が被り、息が止まりそうになる。

「そう、だけど」

「じゃあ大事な思い出ですね。野球、中学からずっとやってたんですか？」

中学、と言われ、またどきりとする。当然なのだが修司の人生経験は高校生活までしかない。恵那と共通の話題を探そうと思うと、どうしても学生時代の話になってしまうのだろう。

ともあれ、話は確実に面白くない方向に進んでいる。

「いや」

「そうですか。中学では何部だったんですか？」

やっぱりきたか、と心の中で溜息を吐きつつ、言わない方が不自然だと思って小さく答えた。

「……天体観測部」

中学のときのことなんかできれば記憶の中から消したい。

どうやって話題を変えようかと思っていると、修司が意外そうな顔つきで尋ねた。

「星とか観るやつですよね。好きだったんですか？　今も観たりとか？」

「好きだったけど、子供の頃の話だよ。それに今は仕事が忙しくて」

話を断ち切るような返事になったが、幸い修司もそれほど興味をそそられなかったようだった。

「そういえば先週、専門医のこと話してましたよね。話途中だったからなんか気になっちゃって。あれってどういう意味だったんですか？」

学生時代から話題が逸れたことに安堵しながら、急いで記憶の引き出しを開く。確か医師免許を取った後に、専門医になるためにまた何年も勉強するという話だった。

「俺は神経内科医ではあるけど、まだ専門医ではないってことだな。日本神経学会認定の専門医になるには、研修受けて認定内科医の資格取って、また研修受けて最終的には試験に合格しなきゃいけないから」

今のところは、だが。『内科専門医』の大幅な制度変更が予定されているので、おいおい認定内科医の扱いも変わる可能性がある。

「専門医にはならなくちゃいけないんですか？」

「義務か、ってことか？　義務ではないよ。でも勉強になるし、あった方が開業したときにも信頼され易いから」

「恵那さん、開業するんですか？」

そう訊いた修司の瞳が夢を見る少年のようにきらきらと輝き、頬の辺りがこそばゆくなった。

「いずれは、と思ってる。でもまだまだ先の話だよ。神経内科専門医になるのだって、最短でも大学卒業してから七年かかるんだ」

「七年っていうと、えっと、十九、二十……二十九歳」

「医大だから六年で、三十一の年になる」

「三十一歳」

左指を折って数えていた修司が、ふと考えるように黙す。十九歳から始まる辺りが、彼がまだ高校生なのだと実感させた。

「お前から見ると三十代なんて遠く感じるんだろうな」

「そう、ですね。でも」

「でも？」

修司はちらりと恵那を見て、窺《うかが》うような声音《こわね》で言った。

「三十一歳っていうと、俺たちは、いえ、もちろん実業団入れたらって話ですけど、もう引退とか、その先のこととか考えないといけないんで。もっと上まで活躍する人もいますけど、大きな差じゃないですし。だからどうってことはないんですけど、職業によって色々なんだなと思っただけで」

そのとき反射的に——まさしく打鍵器で叩かれたように——意識の一点を叩かれた。

修司がバレー選手だというのは重々承知していたつもりだったが、実業団入りやオリンピックというのは如何《いか》にも大袈裟《おおげさ》で、白状すれば半分くらいは眉唾《まゆつば》だろうと思っていたのだ。

でも、と修司のテーピングされた手を見ながら思う。

彼はスポーツ選手の厳しい現実を知った上で、既に随分と先のことまでを見据えているのだ。だから誠実で真面目であればこそ、ときには若い心が悲鳴を上げもするのだろう。

「お前の方は……どうだ。何かしら変化はあったか」

いい加減な対応をしたつもりはないけれど、先週話したときよりもずっと近くに彼を感じた。

修司は目を開き、しどろもどろに返事をした。

「えと……体は、相変わらずなんですけど。恵那さんに言われたこと思うようになってから、気持ちがすごく楽になりました。俺は生きているんだ、って。すごいですね。言葉ひとつで感情が変わるなんて考えたことありませんでした。ちゃんと眠れるようになったし」

自分はさしずめコーチなのだと思いながら、恵那はしかつめらしく頷いた。うまく指導して教え子が上達すればそれでよく、コーチ自身がその技を自分でできなくとも問題はない。

現に修司は前より気さくに笑うようになった、なんて思ってしまったのは早計だったが。

「あ、でも授業はやっぱり分からなくなっちゃってて」

「なんだって？」

聞き捨てならない台詞《せりふ》を掬《すく》うと、修司は器用に眉尻を下げた。

「何せ授業中に寝てたんで。暗記ものは大丈夫なんですけど、数学とかはさすがにきついです」

「そんなの総一に教えてもらえばいいだろう。あいつ、高校のときだって五番から落ちたことないくらいなんだから」

「でも兄さん平日は遅いし、土日はその分祥子さんと一緒にいるから、邪魔しちゃ悪いかなって」

笑っているはずの修司の顔が、何故だか視界でぐにゃりと歪《ゆが》む。恵那は醜《みにく》くなりそうな顔を俯けて、堪えろ堪えろと心で唱えた。

「分かった。じゃあ俺が教えるから、次に来るときは教科書持って来て」

半ばやけくそだったのだと思う。総一が修司にしてやれないことを自分がすることで、勝手に総一に恩でも売る気になっていたのかもしれない。

「え、いいですよ。そんなつもりで言ったんじゃないですし、幾らなんでも悪……」

「もう乗りかかった船だ。俺も認定内科医の試験あって、どっちにしても勉強してるんだよ。一緒に勉強する相手がいれば張り合いもあるし。お前が嫌ならいいけど」

「も、もちろん嫌じゃありません。ぜひお願いします。あの、お医者さんて、やっぱり飛び抜けて頭いいですよね。本当にすごいなって思います」

修司は控えめで素直で礼儀正しく、一緒にいてとても気持ちのいい男だった。

だがそんな修司に対し、返す声は淡々となった。

「今の日本の勤務医にとって、一番大事なのは頭じゃないと思うけど」

「そうなんですか？　じゃあ何が一番大事なんですか？」

打腱器をケースにしまいながら、今日冷静に修司の体の声を聴《き》けただろうかと自問する。

「──体力」

そして答えてから、医者になったきっかけを正直に話すことはできても、何故神経内科医を選んだのかと訊かれたら、自分は嘘つきにならざるを得ないだろうなと思った。

確かめたかったのだ。『心』という曖昧模糊《あいまいもこ》とした目に見えないものではなく、手で触れられる『体』というものを。

そうして『彼ら』に言いたかったのかもしれない。ほら、どこにもおかしいところなんかない、自分は病気などではないのだと。

むろん動機はともあれ、神経内科医になったことは正しい選択だったと思っている。

指揮者がタクトを愛するように、野球選手がボールを愛するように、恵那は銀色の冷たい打腱器を愛している。

手で触れることのできない深部を打ち、感覚を研《と》ぎ澄ませて患者の体の声を聴く。世の中に破壊のハンマーは無数にあれど、何かを生かすためのハンマーはこれだけなのではあるまいか。単に叩けばいいというわけではなく、打腱器の扱い方で神経内科医の腕が分かると言われている。

振り下ろした分だけ自分の周りには堅固な世界が作られる。

打腱器には恵那の明日を生きてゆく力、そして、生きている証《あかし》が詰まっている。


美しい天体儀を持っていたのは中学生のときのことだ。

星座が描かれた大きなガラスが地球を取り囲み、暗闇でライトを灯すと青い光がほとばしった。透明な球体の中にはオーロラのような光のひだが揺れ、小さな月がくるくると地球の周りを回っている。

――千尋君、どうして星が輝くか、知ってる？

壁や天井にあまたの星が映し出された部屋の中、ふと、隣に並んで寝そべっていた友が訊いた。

空の月を、そして首が疲れるとガラスの中の月を追いながら、幾夜もこうして飽きることなく彼と宇宙を語り合った。

たとえば星になった神話の中の英雄や、今よりもずっと地球に近かった太古の月について。また、恵那が生まれる二年前にやって来て、次は七十六年後にしか廻《めぐ》って来ないハレー彗星のことを。話題が尽きるということがなかったのだ。それでなくとも部員の少ない天体観測部の同級生。出会ったのは中学だったが、家に泊まりに来る仲になるまで大して時間はかからなかった。

――星は。

答えようとした言葉の続きが柔らかなもので吸い取られ、仰向《あおむ》けにされた体に友の体が重なってくる。青い光が遮られて瞼を閉じてしまったが、驚いただけで嫌だという気は起こらずに、友情の中にあった淡い恋心をこのときはっきり自覚した。

彼のことが好きだと思った。どの男子よりも、どの女子よりも。

「何をしているの」と最初に聞こえてきた声は小さかった。

――あなたたち、何をしているの!?

けれど、続けて聞こえてきた声は部屋に響いて二人の体を引き離し、同時に点けられた蛍光灯は青い星空を消滅させた。

居間のソファに並んで座らされ、恵那の両親が向かいに座る。寝ていたらしい父の目は充血していたが、擦りすぎてか母の瞳は更に真っ赤に染まっていた。

このとき恵那はまだ、単に動揺していただけだった。母に見られた羞恥心や泣かせてしまった罪悪感はあったものの、一人ではないという安心感が恵那の心を支えていた。

しかし、それも傍らの彼が告白するまでのことに過ぎず、支えはいとも呆気《あっけ》なく、ぽきんと音を立てて折れた。

――だって千尋君がしてきたから。僕は、嫌だって言ったのに。

彼がしくしくと泣きながら言う隣で、恵那は彼を見つめたまま声を出すこともできなかった。

――千尋、本当なのか？　どうしてそんなことをしたんだ？　一番の友達だろう。遊びだとか、嫌がらせだとかでしたらいけないことなんだ。千尋、怒らないから正直に言いなさい。

一番の友とは、正直とはなんなのか分からなくて黙っていると、父は両手で顔を覆い、長々とした息を吐いた。

――彼のことが、好きなのか。

ふと、父の手の間から漏れた言葉に固まっていた心が動く。

外から重たい空気が、内から言えない言葉が胸を挟んで押し潰し、眩暈がして気持ち悪いのにどこに摑まればいいのか分からなかった。

隣で彼が泣き続ける。千尋君が。僕のせいじゃない。母が言う。千尋。正直に。僕のせいじゃ。そうなの千尋？　彼のことが好きなの？

——そうなのか？

父にふたたび問いかけられて、頷いた拍子《ひょうし》にやっと一粒涙が落ちた。彼を好きだということにしか、頷くことができなかった。正直になるとは胸を裂くことだったのだ。彼とはそれきり一言も話していない。

翌日、肩に手を置いてきた父は、「大丈夫だから」と優しく笑った。

——何も心配しなくていい。思春期にはそういう気持ちになることもあるみたいだ。お医者さんに診てもらえばすぐよくなるだろうから、お父さんと一緒にがんばろう。

——でも、僕、病気じゃ……。

——病気の人は病気じゃないって言うものだよ。

そのときの父は、それまでに見たことのない深い色合いの目をしていた。怒ってはおらず、悲しいというのでもなく、恵那はしばらく経ってから、父はこちらを哀れんでいたのだと気がついた。

最初の心療内科の先生は男で、眼鏡《めがね》を掛けていて若く、息子に男性ホルモンを打って欲しいと言う父に「同性愛は病気ではないんですよ」とひとつも表情を変えずに告げた。男性ホルモンを打っても治りません。治療法はありません。病気ではないのですから。

この先生は分かってくれている、と期待を込めて見上げると、彼はじろっと一瞥《いちべつ》を返し、「ですから当院でできることは何もありません」と言った。

二人目は女の先生で親身に話を聞いてくれ、ここならばと父も前傾姿勢になったが、一人目の先生と同様の説明をした後に、一言を付け加えて余計に恵那たちを混乱させた。

——ところで千尋君は女の子になりたいと思ったことはあるのかな？

『治療』をしてくれる病院はなかなか見つからなかった。

週末ごとに地元の目の届かない都内の病院まで赴《おもむ》き、診察してくれた先生も十人を越えるまでになっていたが、疲労の見え始めた顔で父が尚「心配するな」と笑えば、母は「千尋のことを信じている」と、頭を撫でて励まし続けた。

カーテンが庭で頻繁にはためくようになったのは、病院に行き出してから三ヶ月が過ぎた頃だ。

週末、シーツの隣にカーテンが干されているのを、最初はなんとも思わなかった。けれど毎週自分の部屋のカーテンだけが洗われるようになってようやく、恵那は何かがおかしいのではと思い始めた。

母が洗っているのはカーテンではなくて、他の何かではないだろうか？

ある深夜のことだった。階下から聞こえてくる母の泣き声に、恵那は足音を忍ばせてゆっくり階段を下りて行った。

——何がいけなかったの？　育て方？　おなかにいるときが悪かった？　どうすればあの子はまともになるの？　もうどうしたらいいのか分からないのよ。あの子の身の回りを綺麗にするとか、そんなことしか思いつかないのよ。私がもっとしっかりしていたら、きっとあの子だってあんな風に。

母は、ソファに座って泣いていた。

——そんなに自分を責めるものじゃない。お前のせいじゃないんだ。

隣で母の背を労るようにさすりながら、父は諭《さと》すような声で言った。

翌朝、風呂で、恵那は泣きながら自分の体をすり剝けるまで洗い続けた。

（お父さん、僕はおかしいの？）

（お母さん、僕は汚いの？）

僕がこうじゃなければよかったの？

誰もが限界だったのだ。両親は大人の分辛抱《しんぼう》強いか、或《あ》いは頑固だっただけで、事態はとうに見えないところで異様な形に歪んでいたのだ。

なんとかしなければいけなかった。誰かが壊れてしまう前に。

――もう彼のこと――男のことなんて、好きじゃない。

告白を聞いた両親は突然のことに困惑していたが、目の中に明らかな喜びの感情を湛《たた》えていた。息子が『治った』ことの喜び、そして、自分たちが苦難から解放されたことの喜びを。

嘘をつくことにためらいがなかったのは、本当に彼のことを嫌いになったからではなく、ただ彼以上に両親のことを愛していただけのことに過ぎない。

雲ひとつない、綺麗な朝のことだった。

話し、納得させ、これでいいんだとほっとしたのに、何故だか心も体もぶるぶる震えて止まらなかった。

恵那は階段を駆け上がって部屋に戻ると、机に置かれた天体儀を見下ろした。

そして手にした打腱器を勢いよく振り下ろすと、ガラスの玉が粉々に割れて、星が四方に飛び散った。

手探りでスマートフォンを取って光った画面に目を細めると、表示された五時半という時刻に恵那はぐったりと枕に伏せた。

天体観測部。

久しぶりに昔の夢を見たのも昨日修司とあんな話をしたからだろうが、それにしても嫌な夢というのはどうしてこんなに鮮明なのか。

寝直して忘れようと思っても眠気はなかなか戻らない。十分ほどしたところで諦めて、もぞもぞベッドの中から出た。

冷たいフローリングの床に座って窓の方へと目を向ける。ブラインドの隙間から見える東雲《しののめ》の空に、二十四時間動き続ける工場の煙が棚引いている。

あの天体儀はどこにいったんだろう、と寝起きで動きの悪い頭を振る。

夢の中ではよりによって打腱器で叩き割っていたが、現実の恵那にそんな度胸はなく、いつの間にか部屋の中から消えていたというのが本当だ。押入れの奥に今もあるのかもしれないし、もしくは母がとうに処分したのかもしれない。

もし中学時代のまま成長していたら。

そう思うと同時に寒気に襲われ、救いを求めるように野球ボールを手に取った。

大丈夫だ。自分はもうあのときの子供じゃない。独りなんかじゃないんだ。

（なあ、総一。そうだろう？）

ぼろが出ないように気を張り詰め、もう二度と同性を好きにならないように他人と距離を取り、なるべく空気を汚さないように浅くひっそり息をする。

『もう男のことなど好きではない』と、よかれと思って嘘をついた。なのに病院通いをやめた後に待っていたものは、そんな鬱々《うつうつ》とした日々だったのだ。

両親のことを恨《うら》みに思っているわけではなく、資金をやり繰りして医大にまで進めてくれたことには感謝の念しか浮かばない。

でも、母に『まともでない』と言われたことを思い出すと、今でも自分が自分であることが申し訳ないような、存在そのものを否定されたような孤独の中に落ちてしまう。

人を愛するというのは自然な感情のはずなのに、自分の中にあるこの愛が『まとも』でないのなら——自分が誰かを好きになるのは、すべて間違いなのだろうか。

悩みを誰にも打ち明けられず、中学の頃は暗闇の中を独りでもがいているしかなかった。

もう誰にも恋などしないと本気であの頃思っていたのだ。

高校で総一と出会って、彼を好きになるまでは。

「総一……」

手の中のボールに向かって呼びかけると、想い人の姿が思い出された。高校時代の姿ではなく、二十八歳の今の姿だ。

どちらにしても愛おしい。中学時代の夢を見てしまったことで、抑えなければいけない彼への気持ちがふたたび燃え上がってしまったようだ。

どれだけ感謝をしても足りない。彼のお蔭で立ち直れた。もしも総一と会えていなかったのなら、こうして医者になれていたかどうかも分からない。

思い出しているとまた涙が出そうになったが、恵那は頭を振ってボールを置いた。

夢を見たのがまだ月曜日でよかったと思う。病院に行って、仕事をして、そうすればその間は総一のことを忘れていられる。もしもこれが日曜日でもあったなら、目も当てられない。

立ち上がって洗面所に向かおうとしたが、不意に昨日ボールを取り上げたときの修司のことが頭に浮かんだ。

高校のときの総一に、瓜ふたつの彼の弟。

なんの因果《いんが》か、と知らず溜息が漏れてしまう。最初は近づきたくないと思っていたのに、まさか自分の方からあんな提案をするなんて。

とはいえあの分であれば熱心に勉強するだろうし、さして時間もかからず教え終わるに違いない。

修司は友人というわけではないから、勉強が終わってしまえばそれきりになるのだろうが、そうであれば修司の顔を見て総一のことを思い出すこともなくなるのだから、恵那としては願ったり叶ったりだ。

たぶん、少しずつ距離を置いていくことでしか、自分は総一のことを忘れられないのだろうなと思う。

キクのこともあるし完全に関係を絶つというのは無理な話だが、会う回数を減らして、彼のことを考えないように気をつけて、そうしたらいつかは総一のことを諦められるのかもしれない。

そのためには、きっと今すぐにでも一歩を踏み出さなければいけないのだろう。

分かってはいる、けれど。

でも今はまだ。

まだこんなに総一のことを——。

一度床に置いたボールを取り上げて、机の引き出しの一番下を開ける。

修司が来るのは仕方がないが、もう彼に総一の姿を重ねてしまいたくはなかった。

引き出しの奥にボールを置くと、自分の半身を閉じ込めるような物悲しさが押し寄せた。恵那はもう一度ボールを取り上げると、心の痛みを鎮《しず》めるように、奥歯を嚙み締めて胸に当てた。


花冷えや花曇りなど陽気の定まらなかった四月が終わり、ようやく気候も安定を見せてきた矢先の五月半ばのことだった。

「お邪魔します。あ、これどうぞ」

「どうも」

遠慮なく弁当を受け取れるようになったのも当然のことと言ってよく、勉強を教え始めてから実に一ヶ月、修司は今も来続けていた。

毎週日曜の四時頃やって来て、自宅の夕食に間に合うように七時過ぎには帰って行く。しかし、いつもなら時間を惜しむように靴《くつ》を脱ぐ修司が、今日は首を傾げて恵那を見ている。

「恵那さん、どうかしました？　ちょっと顔腫《は》れてます？」

「いや、なんでもない。寝不足なだけだ」

病院から出た後も考え込んでしまい、昨夜はなかなか寝つけなかったのだが、気づかれるほどではないと思ったのに、そんなに顔に出ているのだろうか。

恵那が背を向けて奥に行くと、修司は黙って後ろにつき、定位置となった場所に座ってノートや教科書を取り出した。

出て来たのは物理の教科書だ。分からなくなったという数学は追いついたのだが、よほど切羽《せっぱ》詰まっていたとみえ、先週泣き出しそうに切《せつ》ない顔で物理も教えて欲しいと言われた。

想定外の出来事ではあったが、嫌だと言うのも忍びない。それに、当初は総一に似ていると思って見るたびに動揺していた修司の顔にも慣れてきて、今では気持ちもそれほど揺れなくなっている。

しかし今日心が揺れてしまっている原因は、総一のことでも、ましてや修司のことでもなかった。

昨日が初めてというわけでは——悲しいことに——ないのだが、疲れが溜まっているのだろうか、いつも以上にダメージが大きい。

教科書を開いて折り目をつける修司の傍ら、恵那は頬杖《ほおづえ》をついてテーブルの上に目を落とした。修司が来る前から開かれている神経内科の本だが、内容がさっぱり頭に入って来ない。

「俺、帰りましょうか？」

唐突《とうとつ》に言われて顔を上げると、心配そうな修司の瞳とかち合った。

「なんで？　今来たばっかりだろ？」

「でも恵那さん、いつもと違うし、疲れてるのかなって」

「なんでもないって。ちょっと頭切り替えてただけだ。物理だったたな。どこが分からないんだ？」

心を見透かされたようで決まりが悪く、いつもより身を乗り出して修司の指差した先を見る。来てもいいと言ったのは自分なのだから、しっかり教えなければ申し訳が立たない。

等速円運動や正弦波、到着点の見えている問題はクリアで分かり易く、何度も姿勢を変え、居心地が悪そうな修司をよそに、恵那の方は教えている間に徐々に落ち着きを取り戻していった。

しかし、ページを開き、波型の曲線図を見た瞬間だった。

ピッ、ピッ。

薄れかけていた緑色の心電図が、頭の中で光を放った。

ピー。

教科書が閉じられる音で、自分が上《うわ》の空になっていたことに気がつく。記憶と現実の狭間《はざま》でふらついている間に、「すみません」と転げるように修司が玄関に向かって行った。

「あのっ、俺やっぱり帰ります」

「ちょっと待……悪い、今のは俺が悪かった。だからちょっと待てって」

「い、いいんです。俺、ただ恵那さんの邪魔したくないだけで」

「誰も邪魔なんて言ってないっ」

追いかけて腕を掴むと修司は驚いた顔で振り返り、声を荒らげた恵那の方が慌てて掴んだ手を離した。

「悪い。違うんだ。頼むから、帰らないで欲しい。ちょっと病院で参ることがあって……お前が来てくれて、これでも落ち着いてきたんだ。しばらく経てば教えられると思うから……嫌じゃなかったら、いて欲しい」

髪に手を入れて、気持ちを吐露する。勝手な言い草だとは分かっていたが、今は強がるだけの余裕がなかった。

すぐに「キッチン借りますね」と言って鞄が床に置かれる。腕捲りをしてケトルを取る姿を、恵那はほっとした思いで眺めやった。

「どうぞ」

この一ヶ月で知ったことのひとつに、修司はコーヒーを淹れるのがうまい、ということがある。インスタントではなくフィルターを使うドリップ式のコーヒーを、修司は香ばしくまろやかに淹れた。

二人でふたたびテーブルを囲み、熱いカップを指先で支える。

吸い込んだ香りにささくれていた気持ちが凪《な》いでゆき、素《す》の自分に戻って余計な思いを削《そ》ぎ落としてみると、そこには悲しみだけが残った。

昨日、三年間入院していた男性の、人工呼吸器停止に立ち会った。

現在は根治の治療法がない筋萎縮性側索硬化症《きんいしゅくせいそくさくこうかしょう》という難病の患者で、進行を遅らせる薬を投与しながら、もしかしたらと誰もが奇跡を望んでいた。

毎日、毎秒、どこかで誰かが逝《い》く。そのたび誰かの心が見えない刃物で切り裂かれる。

医療現場に立つプロフェッショナルとして、尊重すべきは自分の悲しみではなく遺族の悲しみだ。分かっている。分かっているからこそ、揺れてしまう未熟な自分が腹立たしい。

「何か……話してくれないか」

修司は何も訊かなかった。それにとても、安心した。

「何かって、どんなことですか？」

「なんでもいいよ。お前が思うことで」

ベッドに背中をつけ、目を閉じる。コーヒーの香りを強く感じて、誘われるように口をつけた。

「じゃあ……恵那さんのストレス解消法はなんですか？」

「……ドライブ、かな。いつ呼び出しがあるか分からないから遠出はできないけど。大抵いつもアクアライン入って、海ほたるでUターンして帰って来る」

「じゃあ来週ドライブ行きませんか？　って言っても、連れて行ってください、になっちゃうんですけど」

眉尻を下げて苦笑する修司に、優しいんだなと素直に思う。心遣いに癒《い》やされて、自然と微笑むことができた。

「いいよ、行こう。久しぶりだし、俺も行きたい」

それから話を続けようとしたけれど、言葉を纏めることはできず、修司の方が何か言わなければと思ったようで、「そういえば」と口早に言った。

「うちの近くに桜が一本あるんですけど、その桜、一年に三回咲くんです」

「三回？」

「はい。どうしてかなって思ってたら、ばあちゃんが教えてくれて。なんでも道路の排気ガスがひどくて、息が苦しくて生殖のサイクルが早まってるらしいんです。必死に種を残そうとしてるんだって聞いて、俺、恵那さんの話思い出しました。あの、心と体がぎりぎりになると、性欲が高まるって」

意外な話に心を惹《ひ》かれ、修司の瞳を見つめて相槌を打つ。

「もしかしたら、桜も死にそうなのかなって。だから最後の力でがんばって咲いてるんだったら、辛いなと思いました」

「狂い咲き、か。元々桜の開花時期って天候で決まるらしいから、この頃の地球温暖化とかも関係あるのかもしれないな」

「はい。だから俺は」

そこで一旦修司は言葉を切った。

「桜の命を縮めてるのは、自分たちなんじゃないかって思ったんです。排気ガスとか、人間が生きるために仕方ないって部分もあるんでしょうけど、今は他のものを犠牲《ぎせい》にしてでも自分が豊かになればいいっていう、そういうエゴの方が大きい気がして。……俺もそうですけど、人間ってエゴの塊《かたまり》なんだなと思って」

「そう……だな」

カップを置いて頷きを返す。高校生の彼からそんな言葉が出て来ることに驚いたが、環境のことなどは授業で取り上げられる分、下手な社会人よりも問題意識が高いのかもしれない。

それにしても人間がエゴの塊だなんて、鋭いところを突いてくる。

よりよく生きてゆくために欲求を持つのは自然なことではあるが、確かに修司の言うように、今は度を越したエゴが社会に蔓延《まんえん》しているようだ。

「たとえばその三回咲く桜にしたって、可哀想《かわいそう》だって思うだけならやっぱりエゴだと思うんです」

修司は物憂《ものう》い顔で手の中のカップを見つめた。

言った修司に、いささか眉根を寄せて訊く。

「……どういうことだ？」

悲しみにくれている自分をエゴイストだと言われたようでばつが悪くもあったが、何故修司がそう思うのか、そのことの方に興味が湧《わ》いた。

「あの……可哀想だって思うこと自体は、自分自身の痛みですよね。でも、真剣に桜のことを考えるなら、どうしたら桜の痛みがなくなるのかって、そういうことを考えるのが本当なんだと思うんです。そうしたらきっと悲しむだけじゃなくて、自分がやらなきゃいけないことが分かると思うから……なんて、考えなくちゃいけないのは、自分じゃなくて相手の痛みなのにとは思っても、やっぱりそれを行動に移すのは、すごく難しいことですけど……」

何かが突然胸に込み上げ、膝を抱えて項垂《うなだ》れる。修司が途中で話をやめ、ことりと音を立ててカップを置いた。

「……恵那さん？」

名前を呼ばれても返事をせずにいると、途端に修司はおろおろとした声を出した。

「すみません。あの、俺……すみません」

彼自身、何故謝っているのかは分かっていなかったに違いないが、自分の言葉が気に障ったのだろうという戸惑いは、声の調子から感じ取れた。

恵那は膝の間に顔を伏せたまま、首を横に振った。修司が語った桜の姿の上に、昨日の光景が重なっていた。立ち止まっていた心が行き先を照らされて、そろりそろりと動き始める。

「あなた、やっと楽になれたね」と、震える手で男性の頬を撫でながら、彼の妻は微笑んでいた。もうがんばらなくていいよ。もう辛いこともないからね。あなたもう、たくさんたくさんがんばったから。

傍らで、何もできないと、自分はこんなにも無力だと思った。

医師がするのは器具を取り外すことだけなのだ。親族の決定に従って。

だが、決断は想像を絶する苦しみだったろうに、それでも彼女は言ってくれたのだ。

先生、ありがとうございました、と。

その言葉に返すものが、涙であってはいけないのだろう。

(そうだ。俺は、自分の痛みに囚《とら》われていただけだ)

本当に患者のことを考えるなら、泣くよりももっと、やらなければいけないことがあるはずだ。

「修司……ありが、とう……」

修司がしたのは桜の話で人の命の話ではない。でも、だからこそ彼の言葉は心に響き、素直に体の奥へと沁《し》みた。

こく、と小さく唾を呑む音から、修司の緊張が伝わってくる。けれど心地は悪くなかった。彼が纏う空気は、いつもとても優しい。

ふと、その空気が動いた気がした。

顔を上げると同時に何かが前髪を微かに揺らす。顔のごく近くにはこちらに伸ばされた修司の手があり、彼は目を見開いて固まっていた。

「——あ……す、み、ませ……。すみませんっ、俺っ……」

指を引き、首から上を一気に紅潮させ、修司がもがくようにして立ち上がる。引き止める間もなく玄関まで猛進してゆく姿を、恵那は呆気に取られて見送った。

「……一人で、大丈夫ですか？」

そのまま帰るかと思いきや、修司は靴を履《は》く途中の半端な姿勢で振り返った。

「だ、大丈夫……」

「じゃ、じゃあ帰ります。あの、なんか偉そうなこと言ってすみませんでした。それから、ドライブ、ほんとにっ。連絡しますからっ。いでえっ！」

自分で開けたドアに自ら額をぶつけるという芸当を披露してから、修司は走り去って行った。あまりに突然のことに気持ちが追いつかず、ドアをいつまでも眺めてしまう。頭はまだ病院の中にいるのだ。何が起こっているのかまるで分からない。

（髪、触ろうとしたのか？）

もしかしたら泣いていると思って、慰《なぐさ》めようとでもしたのだろうか。触ろうとしたけれど気まずくなって、それで帰ってしまったのだろうか。

　そう思いながら、恵那は修司が揺らした前髪をなんの気なしに引っ張った。すると先ほどまでとは違うざわめきが、突然体を駆け抜けた。

（何？）

　泳いでしまった瞳にふたつのコーヒーカップが映り、カップが隠れてしまう大きな手や、いたいけに染まる耳や、笑ったときに零れる皓《しろ》い歯が、初めて頭の中で鮮やかに像を結ぶ。

　ええと、ええと。混乱する頭で必死になって考える。

（なんでこんなことになったんだ？　病院の話したから？　違う、してない。桜の話、そう、桜の話だ。一年に三回咲く、狂い咲きの、子孫を残すために、それで修司が髪に触って）

　何もうまく考えられない。

　鼓動がどんどん速くなる。こんなのはおかしい、どうかしている、と胸を押さえたところで動悸《どうき》は少しも治まらなかった。

　修司は総一の弟で、ただそれだけの関係で、なのにどうして今こんなにも自分は慌てているのだろう。

　髪の中に手を入れた。どうにもならなくてくしゃくしゃ両手で掻き回す。眩暈がする。体が熱くてたまらない。

　いったい今頭の中で何が起こっているのだろう？

国産のセダンを買ったのは去年だ。中古だがエンジン音が小さくて気に入っており、色は確かトワイライトグレーといった。

両脇に工場が群立する国道四〇九号線を走り、東京湾アクアラインに入る浮島《うきしま》ジャンクションに向かって行く。頭上に架《か》かる首都高速と並行して走っているときはなんとも思わなかったが、アクアラインに入ってしまった後で恵那は失敗したと眉をひそめた。

「あれってどう見ても骨組みだけのピラミッドですよね」

助手席に座っている修司が言う。今しがた入って来た入口の屋根部分にあるオブジェのことだ。的を射ている。

「失敗したな。首都高でも乗ればよかった」

「なんでですか？」

「だって景色が見えないだろ。ドライブって言ってもこれじゃあんまり……」

アクアラインは東京湾を横断して川崎と木更津を繋ぐが、川崎側から入ると、湾上のパーキングエリア『海ほたる』までは海底トンネルになっている。窓から見えるのはひたすらのっぺりとしたコンクリート壁、そしてオレンジ色の誘導灯だけだ。

「でも恵那さんはいつもこのコースなんですよね？」

「俺は景色はいいんだ。運転に集中して、頭空っぽにしたいだけだから」

「そうですか」と修司は返し、恵那は音楽のスイッチを入れた。

その折に一瞬だけ、ちらっと修司のことを見る。口角は柔らかく上がっており、緊張している風はない。

その様に、先週のあれはやはりなんでもなかったのだと、半ばほぞを嚙むようにして考えた。散々悩んだ自分が馬鹿みたいだ。ゲイでもない男相手に。しかも総一の弟に。

髪に触られそうになったくらいで、『まさか修司は自分のことを』なんてどうして思ってしまったのだろう。

海ほたるまでは十五分ほどで着く。前方に小さく光が見え、いよいよ海中から出られるというとき、

「俺も景色とかいらないです」と修司がぽつりと呟いた。

長方形の人工島の端に海ほたるは建っていて、五階建ての一階から三階が駐車場、四階と五階が店《てん》舗《ぽ》エリアになっている。全体的に客船を模《も》した造りの外観は白く、廻らされた木のデッキからはぐるりと東京湾が見渡せる。

車を駐《と》めて五階まで上がると、仰いだ空は青天だった。普段は修司と四時頃からしか会わないが、せっかく外に出るのならと今日は二時に待ち合わせたのだ。

風は爽《さわ》やかにデッキを抜け、薄い雲を透かして届く淡い陽射《ひざ》しが心地よい。家族連れや恋人同士が思い思いに汀《みぎわ》の休日を楽しみ、傍らを歩く修司の頰も高校生らしく弾んでいる。

「望遠鏡見ますか」

ところどころに据えられた望遠鏡を見て修司が訊いたが、海の向こうに見えるのは、また海だ。

「いや、いい」

木更津側のデッキで立ち止まって潮風に身を打たせ、白い柵《さく》に腕を載せて眼下に走る道路を見る。折り返し用の馬蹄形《ばていけい》に曲がる道路の真ん中を、木更津へ向かう道路がまっすぐ突き抜けて延びている。

結局川崎に戻って来たな、と群青の海の果てに瞳を遊ばせながら恵那は思った。

都内の大学に入り、二年の初期研修も都内で受けたが、後期研修に進む段階になったとき、幾つかの選択肢の中から迷った末に地元を選んだ。病院や研修プログラムが希望に合致していた故だが、総一がいたからという思いもどこかにあったからではないか。

「昨日、キクさん元気だったな。安心した」

事実、こうして総一の家族が病院に来て接点が生まれているわけだが、もしも総一の家族が病院に来ることを深層で望んでいたのだとしたら――自分はひどい人間だ。

「ああ、ばあちゃん恵那さんに会うの楽しみにしてるんですよ。大好きみたいで。『キヨシの次にいい男だ』って言ってました」

軽やかな声で言う修司を、首を傾けて見る。

「キ、キヨシ？　って、あの？」

キヨシというのは若手演歌歌手で、ご婦人方のアイドルだ。「はい、あのキヨシです」と頷く修司も柵に両腕を載せているので、いつもは見上げている顔が今は同じ線上にある。

「ばあちゃんキヨシ愛してるらしいです。『キヨシがいるからがんばれる、今年は年末コンサート行くんだ』って張り切ってます」

「愛してるって、激しいな」

「そうですか？」

「なかなか言えることじゃないだろう」

日本の男は特に、と笑いながら言ったのに、修司はふっと真顔になった。

「じゃあ恵那さんは愛してる人に、なんて言って気持ちを伝えるんですか」

「な——」

なんでそんなこと、と思ったが、修司ははぐらかすのを許さぬように、じっと恵那を見続けた。

愛してる——言いたくて、でも言うことの許されなかった言葉だ。

仕方がない、と観念し、しばらく考えてから答えを出した。

「あなたが笑っていてくれて、嬉しい、かな」

答えると、修司はぱちぱちと瞬《まばた》きをした。

「それって愛の言葉ですか？」

「大事なことだろう。好きな人が隣で……笑っていてくれるっていうのは」

それが叶わなくなる日もあるのだから——そう付け足すことはやめておいた。

その答えに修司が納得したのかは分からない。けれど「そうですか」と答えた後に、すぐさま笑って言った。

「そういえば俺、一昨年ばあちゃんと一緒にキヨシのコンサート行ったんですけど」

「うん？」

「そのときはまだ身長百八十くらいだったのに、座ってても頭飛び抜けちゃって。後ろの人に『アン夕邪魔！』って言われて、結局コンサート中、ずっと体横に曲げてました」

「……ふっ……」

修司の口調はさらりとしていたが、それが余計に笑いを誘った。絶叫する女性たちの中でぽつねんと体を縮める修司は想像に易く、いっとき何もかから解放されて、腹が痛くなるまで笑い続けた。

「なんだ、お前って真面目なだけじゃなくて、そんな話もできるんだな」

恵那が空を仰いで涙を拭《ぬぐ》うと、修司もはっと軽く笑った。そして腕の上に頬を載せたかと思うと、上目遣いで恵那を見ながらひどく嬉しそうに微笑んだ。

「よかった。恵那さん笑ってくれて」

溶けそうに甘い笑顔、とはこういう顔を言うのだろうか。見入ってしまいそうなのが怖くて、恵那は顔を海に向けた。

「お、面白かったからな……」

言いながらふと、こんな風に笑ったのはどれほどぶりだろうかと考えた。他愛《たわい》もないことで無心になって、まるで、高校時代に戻りでもしたみたいに。

「何か飲むか。中、入ろう」

返事も聞かずに踵を返し、デッキを大股で渡って行くと、「はい」と修司は明るく言い、すぐに後ろに追いついた。

五階は食事処《どころ》だったので四階に下り、一回りした後にカフェに入った。

「何飲む？」

「じゃあグレープフルーツジュースを。あ、俺払います」

「何言ってるんだ。お前に払わせたなんて言ったら俺が総一に怒られる。すみません、グレープフルーツジュースひとつと、アイスココアひとつ」

トレーを受け取り、海に臨《のぞ》むカウンター席に座る。眼前に広がる水面は光を跳ね返し、水平線はなだらかな曲線を描いて地球の丸さを教えている。

「恵那さん、甘いもの好きなんですか？」

右隣に座った修司がアイスココアを見ながら訊いた。

「好き、だな。いつもないとってわけじゃないけど、疲れてるときにはやっぱり欲しくなる」

何気なく答えてしまうと、たちまち修司の顔が曇った。

「すみません、もしかして今日疲れてましたか？」

窺うような声音に、しくじったと思う。ここのところ以前にも増して疲労を感じているのは事実だったが、遊びに来ていて疲れているも何もないし、それにこの場でそんなことを言うのは修司に対して失礼だ。

「いや、そういうときもあるってことで、今疲れてるってことじゃないよ。悪いな、誤解させる言い方して」

「いえ、疲れてなければいいいんです。恵那さんが今日……来るのが嫌じゃなかったなら」

ストローを取り上げた修司に、恵那もストローを取ってグラスに差す。そして、氷をからからと回しながら、もしかしたら修司は心配してくれているのだろうかと思った。

先週、落ち込んでいる自分に修司は付き合ってくれたのだ。お前がいてくれたお蔭で楽になったと、もう大丈夫だと伝えた方がいいのかもしれない。

でも、と思いながらストローを咥《くわ》えて、とろみのある濃いココアを吸い上げた。

下手に先週の話などをして、気まずくなったらどうすればいいのだ。たとえばあの、髪に触ったことを持ち出されたら。

グラスを置いて溜息をつく。

やはり自分は思う以上に疲れているに違いない。どの辺りがと言えば、いつまでもあんな小さなことに拘《こだわ》り続けている辺りが。

それにしても、ここのところ本当になかなか疲れが抜けてくれない。勤務や試験勉強は今に始まったことではないから、総一が結婚してしまったストレスがもしかしたら体に出ているのかもしれない。

総一――彼は今、どこで何をしているのだろうか。

先週飲みに行こうと誘われたけれど、迷った末に断った。まだ心は大きく総一で占められていて、想いを断ち切るのにどれだけ時間がかかるのか正直見当すらつかない。

「恵那さん」

考えに耽《ふけ》っていると、不意に名前を呼ばれた。

「ああ、なんだ？　総一」

口から滑った名前に自分自身で仰天《ぎょうてん》する。沈黙が流れると同時に修司が驚いた顔で瞬きをした。

「ごっ……ごめん！　あの、うっかりって言うか、つい……」

信じられない。信じられない。信じられない。

慄《おのの》きながら謝っていると、幸いなことに修司はすぐに笑ってくれた。

「なんでもありませんから、謝らないでください。恵那さんは元々兄さんの友達だし、俺、兄さんとそっくりですからね。そうだ、俺、一日の間にばあちゃんと父さんと母さんから総一って呼ばれたこともあるんですよ。だから、気にしないでください」

そう言ってくれる修司に、恵那は安堵するのを隠せなかった。

気をつけなければいけないと思う。こんなの修司に悪いばかりでなく、また同じようなことがあれば、そのときこそ何か変だと思われかねない。

俯いてしまうと、「でも」と修司が言うのが聞こえた。

「恵那さんにとって、俺は、やっぱり兄さんの弟ですか……？」

「え？」

言われた意味が分からず彼を見ると、先ほどの笑顔とは打って変わって、修司は思い詰めた顔をしていた。

「ごめん、それってどういう意味だ？」

「その……恵那さんは、今は俺に勉強教えてくれてますけど、でもそれは俺が兄さんの弟だから、だから義理で仕方なくなのかなって。もし勉強が終わったら……もう俺とは会ってくれないのかなと思って」

修司との関係は今だけのことだ。以前そう思ったことを暴《あば》かれたようで、身の置き所がなかった。

でもこれにはなんと答えるべきだ？　修司の口振りからするに、彼はこの関係が終わってしまうことをどうやら心配しているようだ。

「あ、と……それは、お前は総一の弟だけど……。でもまあ、それを抜きにして、勉強が終わっても話をしたりとかはできるよ」

こんな答えでいいのかと思ったが、修司は真剣な瞳で見つめてきた。

「じゃあ、これからも会ってもらえますか？　恵那さんの都合がいいときでいいですから」

修司の熱の籠もった声に、何故だか問い詰められているような気分になった。

(なんなんだ。なんでお前はそんなに俺に会いたいんだよ)

「それは……構わないけど。でも」

ごく、と唾を呑んでから、息苦しさをごまかすように笑って言った。

「そんなこと言ってても、俺のところに来るのもお前に彼女ができるまでだろうな。お前ってもてるだろうし」

言うと、修司は恵那に向かって身を乗り出した。

「も、もてません、俺」

「どっちにしても、いつかお前にだって好きな相手ができるだろうってことだよ。そうしたら俺のところに来る暇だってなくなるだろうし。あ、もちろん好きな子ができたら相談には乗るけど」

告げた瞬間修司は動きを止め、口を開けたまま絶句した。修司の反応にうろたえながらも、取り繕《つくろ》う言葉がひとつも思い浮かばない。

（頼むから何か言ってくれ。『分かりました、相談します』とかなんとか）

だってお前が会いたいって言ったのは、そういう意味のことなんだろう？

思いを言葉にしようと思ったが、結局何も言えなかった。黙り続ける修司に言葉を投げる勇気も起きず、アイスココアの氷が溶けてゆくのを、ただただ見やっているしかなかった。

海ほたるはパーキングエリアの中では比較的娯楽性にも富んでいると思われる。だがたとえそうであったとしても、男二人だけで何時間も楽しく過ごせる場所ではない。

繰り返し同じ売店を覗き、話すことが尽きて無言になり、帰ることを幾度か提案しても、修司は海ほたるから離れようとはしなかった。

海との境目が曖昧になってきた空に、紫金色《しこんじき》に輝く鱗雲《うろこぐも》が広がっている。

夕陽が落ちるのは川崎側の海だ。来たときとは反対側のデッキの柵に身を預け、二人並んで暮れゆく景色に目をやった。

いつにないかたくなな態度が気にかかり、どうしたんだろう、と恵那は横目で修司の顔を窺った。

先ほどの自分との会話のせいなのかもしれないが、ではあのとき他になんと言えばよかったのか、幾ら考えても分からない。

「お前、何かあったか？」

でも自分との会話が原因と決まったわけではない。もしかしたらまったく別のことで修司が悩んでいる可能性もある、そう思って尋ねた。

「何かって……なんですか？」

修司は夕陽を見たまま訊き返した。瞳に雲が映って揺らいでいる。

「何か、帰りたくない理由でもあるのかってことだよ」

速水家が問題を抱えているようには思えなかったが、家庭の事情というのは外の人間には分からないものだ。

帰る先に何か問題があるのかと訊いたつもりだったが、しかし、返ってきたのは思いも寄らない言葉だった。

「そう、です。帰りたくありません。もっと……恵那さんと一緒にいたい」

修司は柵の上に載せた両手を硬く握り締めていた。血管の浮き出たその手から、慌てて瞳を引き剝がす。

いったいどういう意味なのだろうか。

自分と一緒にいたいと言った、それは、つまり。

「……帰ろう」

提案としてではなく言い切り、駐車場へと足を向ける。修司の言動はおかしかったが、言葉の意味を訊き返さない自分も、今日はどこかおかしいと思った。

フロントガラスに口を噤んだ二人が映り、その顔の上をオレンジの灯《ひ》が途切れることなく流れてゆく。

「食事、して行きませんか。俺、払いますから」

誘ってはいるものの、声に力はない。

「そういう問題じゃない。もう今日は……帰った方がいい」

「じゃあ、夜景見たいんで……少し寄ってください。お願いします」

アクアラインを出たところで頼まれて、しばらく無言で国道を走る。このまま道なりに行けば修司の家の近くに出るが、無視して送って行ける雰囲気ではない。

恵那は途中で左折して海側に戻り、工場の間を抜けて千鳥《ちどり》運河に向かって行った。

千鳥運河の脇にはまっすぐ道路が延びており、湾に突き当たる形で行き止まりになっている。その道の端で車を駐めて運河の前に立つと、シュンシュンゴウゴウという重低音が体に迫るように響いてきた。

工場夜景は見せるための夜景ではなく、使うことにより発達した、ストイックな人体の筋肉にも似て美しい。運河の向こうの工場も、黒い空間の中で峻厳《しゅんげん》に動いており、四角い建物の周りを縦横無尽に走る鉄鋼を、白い閃光が照らしている。光が明るければ明るいほど、影の暗さがどろりと際立つ。

「工場夜景の中じゃ地味な方だけど、まあいいだろう。帰りたくなったら言ってくれ」

車で来やすいところを選んだが、もっと賑やかなところにすればよかった。周囲に人の姿はなく、油と潮の濃密な匂いがするばかりだ。

「恵那さんは、早く帰りたいですか？　俺といるの、嫌ですか」

「なんでそうなる。どうした。お前今日なんか……」

「恵那さんは、付き合ってる人、いるんですか」

突然の問いに固まりそうになったが、息をひと呑みして返事をした。

「いたら、毎週毎週どうしてお前に会えるんだ？」

「じゃあ、好きな人、は」

「どうしてお前に言わなくちゃいけない？」

夜景を見たまま「そうですね」と修司は言った。

海ほたるでの言葉といい、際どい言葉に胸がざわざわ波立ち始める。

会うのはお前に好きな人ができるまでだ、そう言ってしまったことが何かの引き金になったのだろうか。

何か——何かとは、なんだ？

「お前の方はどうなんだ？　前、好きな人はいないって言ってたけど、今まで好きになった人くらいいるんじゃないのか」

張り詰めた空気を破るように問いかけると、修司は「そうですね」とふたたび言った。

「中学のときに一人だけいました。初恋、だったと思います」

「そうか。どんな人だった？」

「体育の……先生でした。大学を出たばかりの人で、ショートカットで、細くて、男の人みたいにさばさばしてて、でも、優しくて」

少し返事に詰まる。先生というのにも驚いたが、好きだった女性の形容に男みたいだったというのはどうなのだろう。

「そうか。でも、それは好きっていうより憧《あこが》れじゃないか？」

「でも俺、卒業式にちゃんと告白しました。言わないと、一生後悔すると思ったから」

「……それで、先生はなんて？」

「ありがとう、って言ってくれました。いい人を見つけてね、って」

憧れなんて簡単に言ってしまったが、修司は本気だったのだろう。報《むく》われない恋をして、傷ついて、もしかしたら今も彼女への想いを引きずっているのかもしれない。

「綺麗な初恋だな」

「綺麗ですか？」

「綺麗だよ」

言って、恵那は工場を眺めて目を細めた。

光る姿は宇宙のようなのではなく、紛れもなく宇宙の中のひとかけらだ。並んだ丸い大型タンクは惑星を思わせ、ロケットのような煙突は煙を吐き出し、運河は緩やかにこちらとあちらを区切り、黒いさざなみのまにまに、彗星の尾のような長い光を漂わせている。近いのに、なんだか果てしなく遠い。

修司がおもむろに顔を上げる。瞳に無数の光が映り、弾《はじ》けるように瞬いた。

「先生、ちょっと恵那さんに、似てました」

(何言ってるんだ……！)

修司の言葉に胸を叩かれる。心臓がどっどっと鳴り始め、膝が震えてしまいそうになった。

「……俺が女っぽいって言いたいのか」

「違います。俺はただ」

「帰るぞ。お前今日どうかしてる」

有無《うむ》を言わさず背を向けると、修司の靴が地面に擦れた。目の前に回り込まれて車に乗れず、不機嫌を露わに睨んでしまう。

「俺はただ、恵那さんが、綺麗で」

「どいてくれ。もう何も聞きたくない」

「き、聞きたくない、でしょうけど、でも俺は」

拳を握り、肩をいからせ、修司は見開いた目を地に落とした。そんな彼から目を逸らせずに、恵那は、やめろ、と心の中で叫びを上げた。

駄目だ、やめろ、言ったら駄目だ。

言葉に出してしまったら、どこにも引き返せなくなる。

「俺は、恵那さんのことが、す、好きで——！」

彼から言葉が爆《は》ぜた瞬間、体が炙《あぶ》られるように熱くなった。心臓が血を送り出しているのが分かり、びりっと指先に痺れが走る。

「なに、言っ……。や、俺だって、お前は、総一の、弟だから……」

声が掠れてうまく出ない。修司の言葉が頭の中で点滅した。

さっぱり理解が追いつかない。

修司が自分を好きだなんて、何がどうしてそうなったのか。

「弟だから、なんですか」

「だからっ……俺にとっても弟みたいなものだってことだよ。俺だって、お前のこと嫌いなわけじゃ」

「俺の好きはそういう意味じゃありません！」

言い切る修司にかっとなる。勢いで放つ言葉がどんな事態をもたらすのか、修司は何も分かっていない。

「だったらなんだって言うんだ？　お前は女が好きだったじゃないか。それがどうして俺を好きになんてなるんだ」

「そんなの俺にだって分かりません。分から、ない……。最初は恵那さんに言われたこと考えてただけで、なんで男の人に触られてどきどきするんだろうって思って、でも、もっと会いたくなって、もっと話したくなって」

「会ったり話したりだったら友達で充分だろう！」

「友達だったら抱きたいなんて思いません！」

頭が一瞬真っ白になる。

修司が抱きたい？

誰を？

自分を？

恵那は我に返って拳を握った。言われた意味は分かったのに、怒ればいいのか羞恥を感じればいいのか、どんな顔をすればいいのか分からなかった。

「俺は……女じゃないっ……」

「す、みません……すみませんっ……」

言った修司の方が泣き出しそうに顔を歪める。どうしよう、どうしたらいい、どうすればこの大きな子供を止めることができるのか。

「お、お前はきっと、勘違いしてるだけだ。同性を好きなんて、そんな、言うほど簡単なことじゃ」

「勘違いじゃ、ありません。簡単になんて、言ってない……」

恵那は思わず天を仰いだ。項垂れて肩を震わせた修司に、いつかの自分が重なっていた。思いを持て余して、行き場がなくて、気持ちを認めて欲しいのに否定されては絶望して。

なんて皮肉なのだろう。自分が言われて傷ついた言葉を、今は修司にぶつけている。

「俺のこと、気持ち悪い、ですか……？」

修司が拳を目に当てた。赤いだろう顔色は闇に紛れて分からず、仄《ほの》かな光がぼんやり鼻梁《びりょう》を照らすだけだ。

「気持ち悪くなんか、ない。でもっ……」

修司の不安はよく分かり、それでもどうしても、自分も男が好きなのだとは言えなかった。流れに任せて打ち明けるには傷が深く、それにもしも本当のことを言えば、総一への思いを知られてしまうかもしれなくて――。

「恵那、さん」

修司がゆっくりとこちらに腕を伸ばしてくる。

頬に触れられるのだろうかと、恵那は咄嗟に体を竦めた。

けれど、修司の指先は決して肌には触れず、震えながら首筋に熱だけを伝え、肩のぎりぎりを通って腕を滑り、手の甲にまで落ちていった。

「恵那さん、好き、です」

そっと手を撫でられた瞬間、ふるりと心の芯が震えた。

修司が頭を下げ、掲げた恵那の手の甲に、そうっと頬を寄せてくる。

すぐさま甲がひたりと濡れて、小石を投げられた水面のように心の中に波紋《はもん》が生まれた。

「嫌わないで、ください。お願いします。嫌わないで……」

修司の目からは涙が縷々《るる》と流れ、頼りない静かな光を放っていた。

修司が小刻みに体を震わす。

傍にいたい。離れたくない。それ以上望まないから、ただ傍に。

まるでそんな信号を必死に送っているかのように。

（そっくり、だ……）

修司の涙を見つめていると、ふとそんな思いが頭を擦《かす》めた。

その間にも指に唇を押し当てられたが、振り払うことはできなかった。

哀れで仕方がなかったのだ。

総一のことを好きだった昔の『自分』によく似た修司が。

がむしゃらで、不器用で、傷つくことしか知らないような。

今の修司は悲しいくらい、昔の恵那に、よく似ていた。

勤務を終え、病院の駐車場に駐めた車に乗り込んでから、恵那はいつものようにスマートフォンの電源を入れた。

表示されたデジタル時計は二十一時十七分となっており、早く帰って寝ないと、と芯のぐらつく頭で思った。しかし思考が揺れているのは昨日の夜勤のせいばかりでなく、医局を出るなり修司のことを思ってしまったせいでもあった。

心を乱しているうちに、続け様にメッセージが届く。昨日の朝から今まで電源を切っていたので、溜まっていたものを纏めて一度に受信したのだ。

予想通りほとんどのメッセージは修司からのもので、最後に送られてきたものは『今どこにいますか。お願いします。返事ください』となっている。

三回その文を読み返した後、返事をせずにスマートフォンをダッシュボードの上に置いた。シートに背をもたせて、なんとはなしに向かいの車を目に入れる。

千鳥運河の夜から四日が経っていた。

あの日、どれだけ気まずかろうと夜の運河に高校生を置き去りにするわけにはいかず、恵那は結局なんの答えも出せないまま、無言で修司を家まで送った。

別れた直後に送られてきたメッセージには、こんな言葉が綴《つづ》られていた。

『俺は本気で恵那さんのことが好きです。恵那さんが嫌がることはしませんから、傍にいさせてください』

告白されたときの驚きと混乱は、今でもまだ続いている。

だからなのか未《いま》だに自分の気持ちが摑めずに、その後何度メッセージが届いても返事をすることができずにいた。

断るのが当然だ、と思いはしたのだ。

傍にいたところで辛くなるのは修司なのだ。何故なら自分が好きなのは兄の総一なのだから。

今断れば、おそらく修司は傷つきながらも無理を強いてはこないだろう。

マンションに来ることもなくなって、メッセージも来なくなって、そしていつかは自分を綺麗に忘れてゆく。

だから、今自分が返事をすれば、すべてが解決するはずだ。

お前の気持ちには応えられない。もう会わない方がきっとお前のためなんだ、と。

そこまで考えて、それが一番誠実な対応だと分かっているのに、なのにどうして返事をすることができないのか。

（俺……おかしい。これじゃ修司と離れたくないみたいだ……）

或いはそうなのかもしれない。総一と会わなくなった穴を埋めるように修司と会うようになった今、また一人になってしまうという寂しさが生まれたところで不思議はないような気もする。

でも、それだけで修司を引き止めておこうなどと思うだろうか。

もしかして自分も——修司に惹かれているのではないだろうか。

(違う、そんなはずない。俺は総一のことが好きなんだ。修司はいいやつだけど……十歳も年下で、まだ高校生で、総一の、弟で……)

では、それならどうしてはっきり断ることができないのだ?

堂々巡りだった。

埒《らち》が明かないと思い、エンジンをかけようとしたとき、スマートフォンが新たなメッセージを受信した。

修司だろうかと思いつつ、画面を確認する。やはり彼からだったことに驚きはしなかったが、届けられた短い一文に思わず息を吸い込んだ。

『今、病院の前にいます』

慌てて時間を見ると、既に九時半を回っている。一瞬のためらいののちに車から降りて、病院の正面入口へと走って行った。

修司はまだ煌々《こうこう》と明るい入口の脇に立っていた。恵那は職員用の入口から出入りするので、メッセージがなければ気づかず帰っていたところだ。

「修司」

声をかけると修司は顔を上げ、目が合った途端に心細げに眉尻を下げた。

「あのっ……病院まで押しかけて、本当にすみません。でも、昨日マンションの前で待ってたんですけど、会えなかったから。だから、ここだったら会えるんじゃないかと思って……」

向き合うなり必死に捲し立てる修司に、申し訳ないという思いが湧く。どんな理由があったにせよ、無視をするなんて大人げのない態度だった。

そういった心境も手伝ってか、返す声は穏《おだ》やかなものとなった。

「言ってなかったか。月曜と水曜は毎週当直……夜勤なんだよ。だから昨日はマンションに帰らなかったんだ」

「えっ？　夜勤て、昨日の夜働いて、それで今日も仕事なんですか？　もしかして昨日の朝から今までずっと仕事だったんですか？」

「そうだよ。だから医者に大事なのは体力だって言っただろ。俺はそれでもまだ日曜休みだから楽な方だけど」

修司は肩に掛けたスポーツバッグの持ち手を握りながら、突然頭を下げた。

「疲れてるところすみませんっ。でも俺……ライン、返事なくて、恵那さんが困ってるのも分かってるんですけど、どうしてもこのまま終わるとか嫌で、ちゃんと話したくてっ……」

「ちょっ、ちょっと待て。分かったから……取り敢《あ》えず車行こう」

内容が内容なだけに、いつ誰に聞かれるとも分からないところで話を続けるわけにいかない。

恵那は修司を連れて車に戻る間に、頭の中で伝える言葉を組み立てた。

なんとか修司の目を覚まさせることはできないものか。彼が気の迷いだったと言ってくれるのなら、それが一番いい。

修司を助手席に座らせ、ミラーの上の車内灯を点ける。

腹の前で横長のバッグを縦にして抱えると、修司は恵那の方を向いた。

「恵那さ……」

「お前、体の方は？」

言いかけた修司を至極冷静な口調で遮る。修司は出鼻を挫《くじ》かれたように、瞬きながら訊き返した。

「体の方、って」

「俺と最初に会ったとき、悩んでただろう。あれ、それからどうなった？」

デリケートなことなのでその後は問いかけずにいたことだが、女性のことを好きだったのだと思い出させれば、自《おの》ずと目が覚めるのではと思った。

「あの、どうしてそれ……」

修司がうろたえるのは想定内のことで、構わずせっつく。

「いいから教えてくれ。知りたいんだよ」

不承不承《ふしょうぶしょう》といったように、ややあってから答えがきた。

「ひどく、なりました」

「え？」

「恵那さんと話して……一度は治まったんですけど。最近は、前以上に……」

そうだったのかと思いつつ、間髪《かんはつ》を容《い》れずに切り込んだ。

「それがさ、原因なんじゃないかと思うんだよ」

「なんの、ですか？」

「だから、お前先週言っただろう。俺に触られてどきどきしたって。つまり……俺は男だけど、人肌に触れたことで、それで俺のことが好きなんだと思い込んでるだけじゃないのか」

修司はぽかんと口を開けたが、続けてはっきりと傷ついた顔を見せた。

「違います！　俺は思い込みで人のこと好きになんかならないし、それに他の人に触られてこんな風になりません」

「他の人？」

言葉尻をとらえてしまったのは無意識に近かった。

刺々《とげとげ》しく響いた恵那の声に、修司が慌てふためきながら弁解する。

「その、学校の女子とか。ふざけてですけど腕組んでくることとかあって。でもその子たちのこと好きだと思ったことなんてないですからっ」

「す、好きだと思わなくても触られて嫌じゃなかったんだろう？　女の子が好きになれるならそれでいいじゃないか」

本当に自分のことが分からない、と恵那はハンドルを握る手の上に顔を伏せた。

修司が女子に触られたと聞いて、どうして自分が苛々しなければならないのだ。

「確かに俺は女性を好きになれます。中学のときに先生を好きになった気持ちを間違いだなんて思いたくない。でも今は一日中……夜だって……恵那さんのことしか考えてません」

「だからお前はそういうことを真顔で言うな！　言われてるこっちの身にもなってくれ」

「すみませんっ……」

顔を伏せたままでいると、「恵那さん」と修司が震える声で呼んだ。

「恵那さんは……男が相手だなんて、全然考えられませんか……？」

答えられずに黙っていると、矢継ぎ早に次の問いがぶつけられる。

「全然見込みはないですか？　俺のこと、恵那さんはどう……」

気づいたときにはハンドルに拳を打ちつけていた。修司のことをどう思っているのかなんて、こちらの方が訊きたいくらいだ。

「頼むからいきなり色々訊かないでくれ！　俺だって……お前に突然あんなこと言われてどうしたらいいのか分からないんだよ」

本音を告げると車内がしんと静まった。エンジンをふかす音がして、向かいのスペースから車が門へと向かって行く。

「すみません」と声が聞こえて横に視線を投げると、修司がバッグの上に顔を埋めて、細かく体を震わせていた。

「自分でも分かってるんです。馬鹿なこと言ってるってことも、男相手なんて……恵那さんが考えることができないってことも……。でも、好きなんです。自分でもどうしたらいいのか分からないくらい……恵那さんのことが、好きなんです」

好きだ、と繰り返し言われているうちに、鼓動が速くなってくる。ゲイだということを隠している後ろめたさからなのか、すぐに修司の顔を見られなくなった。

「だから、お願いします。友達でいいですから、これからも会ってもらえませんか。今みたいに返事が来ないのは、すごく、キツい……です」

ぐ、と息を詰めてしまう。友達でいいと言われてしまうと、断る言葉が見つからなかった。

片恋をしながらの友達という関係がどれだけ辛いかは知っている。それでも、もしここで友人関係すら拒否すれば、修司は同性を好きなことによって拒絶されたと思うだろう。

（俺だって、もしあのとき総一に離れられてたら、たぶん立ち直れなかった……）

ハンドルを握る自分の手を見ながら、心を決めて恵那は言った。

「友達で……いいなら……」

修司が顔を上げて恵那を見る。運転席に身を乗り出したせいで、手から離れたスポーツバッグがダッシュボードの方に傾いた。

「本当、ですか？」

「こんなことで、嘘なんかつかない……」

友達としてなら関係を続けてもいいと言った、その気持ちに嘘はなかったのだ。

嘘などつくつもりはなかった。

このときは。決して。

「分かったら、送るから今日はもう帰れ。ちゃんと家に連絡してあるんだろうな。親御《おやこ》さんが心配してるんじゃないのか？」

身を乗り出したまま固まっていた修司は、そこでやっと落ち着きなく鼻の頭を指で擦った。

「家なら大丈夫です。あの、ありがとうございます。すごく嬉しいです。……信じられない」

友達くらいで大袈裟な、と言えないところが現実だ。ゲイだと知った上で付き合ってくれる人間は、どこにでもかしこにでもいるわけではない。

ほころんでいる修司の頬を見ているうち、ふと、これでよかったのだろうかと疑念が湧いた。ぬか喜びをさせているだけではないだろうか。万が一恵那が好きなのが総一だと知ったら——修司はどれほど傷つくだろう。

「じゃあ……行くぞ」

思ったところで言葉を取り消すことはできない。

せわしなくキーを回すと、修司が首を横に振った。

「いえ。俺、電車で帰るから大丈夫です。それと、これ」

バッグのジッパーを開け、脇の方をごそごそと探りながら言う。目の前に差し出されたのはケースに入ったCDだった。

「ドライブに行ったとき、こういうの聴いてたなって思って。俺も好きで何曲か持ってて、だから、よさそうなの集めてみたんで」

「ありがとう……」

わざわざ曲を選んで作ってくれたということらしい。思いがけぬ贈り物は嬉しくもあったが、修司の気持ちを知った今となっては申し訳ないという思いの方が強かった。

ケースを受け取ったときに、余計切なくなった。修司の震えは薄いプラスチックを通して、恵那の指にまで伝わった。

「俺……恵那さんから見たらガキだし……だからこんなものしか渡せませんけど。だけど、恵那さんが許してくれるなら、なんでもしたいと思ってますから。……そ、それだけです。疲れてるところ本当にすみませんでした。押しかけるとか、もう絶対にしませんから」

じゃあ、と修司は会釈をし、もたつくことなく車を降りた。そして名残惜《なごり》しそうに振り返りながら、並ぶ車の向こう側へと消えて行った。

（何やってるんだ、俺は……）

渡されたCDを見下ろしながら思った。

気持ちは混沌《こんとん》としたままで、まだなんの整理もついていない。

ただひとつはっきりしていることは、これから修司と友人として付き合ってゆくということ。

ケースから取り出し、CDをオーディオに入れる。流れてきた音楽はアコースティックギターのバラードで、シートに深く背中を預け、音に耳を傾けた。

修司が言っていた通り、ドライブのときにかけていた曲と素朴な雰囲気がよく似ている。静かではあるがロックなので、眠気を誘うものではない。

先週、アクアラインを走っていたとき、音楽を聴きながら修司は何を考えていたのだろうか。行く前から告白をするつもりだったのだろうか。

総一と友人として付き合ってきたように、修司ともまた同じように付き合ってゆくことができるのだろうか。

取り留めなく思っているうちに、無性《むしょう》に総一に会いたくなった。

幸せそうな彼の顔を見るのは怖かったが、それよりも彼のことを好きなのだと実感したくなったのだ。

スマートフォンを取り、アドレスの中から総一の名前を探し出す。聞き慣れた声が耳に届いたのは、四度の呼び出し音の後だった。

『よーう、元気か？』

胸が痛いくらいに強く打つ。総一の声。総一の、話し方。

「ああ、お蔭様で。あの、さ……急なんだけど、これから会えないか？」

『これからか？　うーん、今日木曜だろ。この時間だとさすがに明日がなあ。明日の夜も……ちょっと祥子の用事があるな。土曜じゃ駄目か？』

断りの言葉ではあったが、総一はためらうことをしなかった。気心が知れている安心感があるのだと分かってはいるが、祥子、という名前にやはり心が沈んでしまう。

気落ちしたことを気取られぬように、恵那は急いで明るく返答した。

「そうだよな。悪い、こんな時間に。いや、用があったわけじゃないから今週じゃなくてもいいんだ。それじゃ、また」

『おいおい、ちょっと待てって。……お前、もしかして病院で何かあったのか？』

「いや、何もないよ。本当になんでもないんだ」

『そうか？　ならいいけど。あれ？』

突然疑問を示されたので、黙って言葉の続きを待つ。すると人声の消えた車の中で、ギターの音だけが滑《なめ》らかに響いた。

『お前、今どこにいる？』

「車の中、だけど」

『そうか。何、今後ろで流れてる曲、修司がよく聴いてる曲と同じだなと思ってさ。そういえばあいつがよく邪魔してるんだって？　もしかしてその曲もあいつが』

「いや、これラジオだから。偶然じゃないか？」

咄嗟に嘘をついてしまったのは、単純に総一に修司とのことを知られたくなかったからだった。

『ラジオ？』と解せないような総一に、一方的に別れを告げる。

「じゃ、じゃあ、本当に遅くに悪かったな。また」

狭い空間なので音が反響するのだろう。大音量で流しているわけではないので、まさか電話を通して聞こえてしまうとは思わなかった。

通話を切ってもまだ胸が高鳴っていたが、その気持ちを静めてくれたのもまた、流れ続ける音楽だった。

修司がよく聴いている曲、と総一は言った。

（……好きだっていうの、本当だったんだ）

紡《つむ》がれる曲は不思議なほどに、恵那も好みのものだった。

結局そのまま四十分ほどのCDを最後まで聴いた。何かしら修司の気持ちを代弁するような曲が入っているかと思ったが、曲はすべてインストゥルメンタルだった。

自分の気持ちを伝えるためでなく、彼がこちらのことを考えてCDを作ってくれたことが分かる。

恵那はCDをケースに戻し、ギアをドライブに切り替えた。

頭の中で総一と修司の声が、二重奏のように鳴り響いていた。


コーヒー、コーヒー、と修司が歌う。

もとい歌うように言いながら、彼は慣れた手つきでキッチンの戸棚を開けた。

修司が『友人』としてマンションに来るのは、病院に来た三日後の日曜日も含めて今日でもう三度目になる。そしてこれまでのところ、多くは修司の努力によってなのだろうが、『友人関係』はおおむね順調に進んでいた。

無理に距離を縮めてくるどころか、もう「好きだ」と言ってくることもない。言うなれば告白の前とほとんど何も変わらないのだ。弁当を持って来ることがなくなったこと、そして、修司がときおり切ない瞳で恵那を盗み見ること以外は。

「はい、どうぞ」

「ありがとう」

勉強の後に修司がコーヒーを淹れ、それから話をするのがこの頃では当たり前のようになっている。

修司が淹れてくれるコーヒーは相変わらずおいしい。自分で淹れるとなんだか風味がないなと、そう感じてしまうほど。

先週、ふと気になってどうやって覚えたんだと訊くと、あの年代にしては珍しくコーヒー党だったキクに叩き込まれたのだと言った。幼少期からおばあちゃん子だったということが会話の中から窺い知れ、キクの心配をする彼の心情が手に取るように分かったものだ。

「やっぱりうまいな。お前のコーヒー」

受け取ったコーヒーに口をつけて恵那が言うと、修司は腰を下ろして笑った。

「恵那さんの口に合ってよかったです。夕飯も……本当に迷惑じゃなければ作りますよ？」

「だからそこまでしてくれなくていいって。自分は食べないのに俺だけのために作るなんて不毛だろ？」

不毛じゃ、と言いかけてやめ、修司は一度唇を引き結んだ。

「そんなこと言って……本当は俺の料理食べるのが怖いだけだったりして」

「怖い？」

「実は弁当が結構まずかった、とか」

ベッドにもたれて笑い、こうしていると本当に友達みたいだなと思った。

修司といるのは心地がよかったのだ。先行きの分からない微妙な関係でありながら、彼といると肩肘張らずに自然と寛《くつろ》ぐことができる。

修司の本意は定かではないが、この関係が続けばいいと思っているのは案外自分の方かもしれない。

そんなことを考えていると、急に改まって修司が言った。

「あの、今日は恵那さんにお願いがあって」

「お願い？」

「はい。えっと、俺、来週からしばらく来られなくて」

「え？」

「八月にインハイがあって、その練習で……。いつも日曜は午前中だけなんですけど、来週から丸一日になるから」

(修司が来られない？)

彼の言う『しばらく』はインハイが終わるまでをさすのだろうか。インハイが正確にはいつあるのか知らないが、八月まではあと一ヶ月半もある。

「恵那さん？」

「……あ、そうなんだ。俺も来月の頭に認定内科医の試験あるから、問題ないよ」

呼ばれて慌てて返事をする。ほんの一瞬ではあったけれど、自分は今、寂しいなどと思ってしまっていなかったか。

「そうでしたね。すみません、試験もうすぐなのに来ちゃって」

「いや、それは……。それで、お願いって？」

戸惑いを打ち消すように問いかけると、修司は恵那とは反対側の壁の方へ目を向けた。

「前、ここに恵那さんの野球ボールあったじゃないですか。あれってしまっちゃいましたか？」

瞬間、聞き間違いじゃないかと本気で耳を疑った。しかしあちらこちらと見やる修司の姿から、彼が本当にボールを探しているのが分かる。

総一がくれたボールがいったいなんだと言うのだろうか。

「あれは……あのときたまたま出してただけだから。あれが、何？」

「たまたま？」と修司は繰り返したが、それ以上問いただすことはしなかった。

「あの、できたらでいいんですけど、あれを貸してもらえないかなと思って」

「えっ？」

「インハイの間だけでいいんです。あのボールって恵那さんの高校のときのものだし、だから、大阪《おおさか》行くんですけど、お守りみたいな意味で。あれが一緒だったらもっとがんばれそうな気がするっていうか」

インターハイという大事な試合なのだ。応援できれば、とは当然思った。

だけど、その気持ちとボールを貸すという行為が頭でうまく繋がってくれない。あれだけは駄目だ、と我ながら薄情だと思うほど速く頭が答えを弾き出す。

たとえひとときでも貸せるわけがない。あれは自分にとって総一の分身とも言えるくらいのものなのだから。

触れることのできない総一の代わりに、何度となく抱き締めてきた大事なボールなのだから——。

「ごめん……。あれ、だけは……」

俯いたせいばかりでなく、声がつっかえつっかえにしか出て来ない。言っている間にも罪悪感が込み上げ、『やっぱりいいよ』という言葉が胸の中に浮かんだが、偽善の言葉は思いのほか弱く、結局形にならなかった。

沈黙が息苦しくなりおそるおそる目を上げると、修司が我に返ったようにはっとした。

「そ、そうですよね。すみません。大事なものなのに、無茶なこと言って……」

なんでもないと言うように笑いはしたものの、膝を抱える修司の両手は震えていた。

その姿に胸が痛み、こんな顔をさせたいわけではなかったと、言い訳じみた言葉が頭の中を回り始める。

ボールでは駄目だったというだけで、自分だって修司のことを傷つけたかったわけではない……。

「その、えっと……」

球技だからボールがよかったのかもしれないし、他のものでは駄目なのかもしれない。でも、と恵那は部屋の中を見回して、ボールの代わりになりそうなものを物色した。

持ち運ぶのにかさばらない、潰れたところで問題ないもの。本？　駄目だ、どれもこれも重い。服？　論外だ。スマホ？　リモコン？

元々もの持ちでないのだ。何も持たせてやれないのかとがっかりと首を落としたが、その瞬間目に飛び込んできたものに、恵那は瞳を輝かせて両手をせわしく動かした。

「あの、これなら」

取り外した腕時計をテーブルの上に置くと、修司が驚いたように目を丸くした。

「いいんです、か……？」

確かめる声が上擦っている。ボールじゃなくてもよかったらしい、と現金にも肩の荷が下りた気がする。

「いいよ、っていうか、やるよ、それ」

「えっ？」

「今の高校生って腕時計使うかどうか分からないけど。でも、高いものじゃないけどおもちゃでもないから、持ってるくらいなら邪魔にならないだろ」

ベルトは茶色の革、文字盤は猫の目のように円《まる》く青く、台もシルバーなのでさほどつける人を選ばない。ボール同様に心が籠もっているわけではないが、三年前に自分で気に入って買い求め、それから毎日身につけていた、ほどよい愛着のあるものだ。

修司はそろりそろりと手を伸ばし、動物の子を抱くかのように丸めた両手で時計を包んだ。

「ありがとう、ございます……本当に、ありがとうございます」

その声を耳にした途端だった。どくっと心臓が跳ね上がった。

潤んだ瞳にしろ切なげに寄せられた眉にしろ、修司がこんな顔をするだなんて少しも思っていなかったのだ。何か重大なことを自分は間違えてしまったのではないか。

(ボールじゃ駄目だったのは俺の都合だ。でも、修司は？)

彼にとって時計とボールとの間にいったいどれだけの差があったというのだ？

貸すのではなくてあげたのは罪悪感からに違いなかったが、この先修司はこの時計をどんな思いで眺めてゆくのか。

涙ぐみ、肩を震わせながら、修司は胸に埋め込むかのように時計を強く抱き締めている。

自分の部屋だというのに居たたまれなくなり、恵那は縋る先を探すようにコーヒーカップに手を伸ばした。

思った以上に焦っていたのだと思う。

口をつける前に持ち手に掛けた指が滑り、なみなみと注がれていた中身がシャツの上へと派手に零れた。

「あつっ……」

「恵那さんっ」

辛うじてカップを落としはしなかったが、胸に広がる染みは大きい。じわりと肌を焼いてゆく感触に、シャツの胸元を急いで引いた。

「恵那さんっ、早くそれ脱いでください！」

「は？　や、大丈夫だって。熱湯じゃなかったし」

「だけど火傷《やけど》でもしてたら……。冷やした方がいいですっ」

修司の言うことはもっともだった。だが、修司に腕を摑まれて気が動顚《どうてん》してしまい、対処しようにもしばらく動くことができなかった。

落ち着け。動かなければ。このまま固っていては修司に服を脱がされかねない。

「わ、分かったよ。腕、離してくれ……洗面所行くから」

修司の腕が離れるなり、駆け込むように洗面所に入ってドアを閉めた。脱いだシャツを流水にさらして洗面台に両手をつき、荒ぶる息を落ち着かせる。

まだ修司に摑まれたところがじわりと熱を持っている。彼の頑丈そうな手は高校生というよりも、既に成熟している大人の男を思わせた。

(だからって……それでどきどきするとか、おかしいだろう)

たかだか腕を摑まれただけで。中学生でもあるまいし。

シャツを絞《しぼ》り、頭をぶるぶると振ってから胸に目をやると、縦に長い楕円の形にうっすら赤く染まっている。火傷とまではいかないが用心しておくに越したことはなく、冷たい水でタオルを濡らしてゆっくり胸に押し当てた。

着替えを持たずに飛び込んで来たことに気づいたのは、上半身裸の自分を鏡の中に認めたときだ。

突然ノックされ、飛び上がるほどに驚く。落としてしまったタオルを拾いながら、ドアに向かって返事をした。

「恵那さん、大丈夫ですか？」

「大丈夫。火傷、してなかった。少し赤くなっただけだ」

「そうですか。よかった……」

心底安心したような声に、いつまでもここにいるわけにもいかないとタオルをゆすぎながら考える。

(そうだ。別に……上だけ裸なくらいどうってことない。修司だって部活の着替えで男の裸なんか見慣れてるだろうし)

それに修司は女性が好きだったのだから、こちらの裸なんか見てもなんとも思わないかもしれない

――。

うだうだとためらっている方がもっと疚《やま》しい感じがした。

勢いよくドアを引き、洗面所から顔を出す。修司が硬直したのが分かったが、気づかぬふりをして修司の隣をすり抜けた。

「悪いな。みっともないとこ見せて」

言いながら箪笥の引き出しを開けて、中から適当なシャツを引っ張り出す。

掬われるように後ろから抱き締められたのは、シャツを広げたときだった。

「修っ……」

腹にぐるりと修司の両腕が巻きつけられている。脇腹に食い込む指の形が、痛いくらいに肌で分かった。

「ばっ……離せっ！　友達はこんなことしないっ」

苦し紛れにそんなことを言いはしたが、腕を振り払うことはできなかった。

は、と髪の中に修司の吐息《といき》が絡む。やはり大人の男を思わせる強い力に、自分の気持ちも分からないのに体だけが勝手に熱を孕《はら》んでゆく。

「分かって、ます……」

修司が喘《あえ》ぐかのように声を絞った。震えている指先が、熱い。

「俺は、確かに友達でいいって言いました。でも、殴られる覚悟で告白したのに、恵那さんは今もこうして会ってくれて……。だから、少しくらい期待したら駄目ですか？　あなたをいつか正面から抱き締められるかもって、そう思ってたら、駄目ですか」

そこで、すうっと大きく息継ぎがされた。

「俺は、たぶん、恵那さんが思ってるより……ずっと、ずっとあなたのことが好きです」

好きです。好きです。恵那さん、好きです……。

「――――」

そのとき突然、そこにいるはずのない誰かの声が聞こえた気がした。

好きですと囁《ささや》く修司の声に、違う男の声が重なっている。

修司と同じ声で、けれど違う話し方で、『恵那さん』ではなく『千尋』と呼びかけながら、誰かが今、自分に好きだと言っている……。

(そう、いち……)

心で名前を呼んでしまうと途端に胸が震え上がり、肌をさらしているからではなく悪寒《おかん》が体を包み込んだ。その間にも今まで摑めなかった想いがみるみる形を持ってゆく。

これまで何故修司を拒めないのかが分からなかった。好きだと言われるとどうして胸が逸《はや》るのか。けれど簡単なことだったのではないか。本当は最初から分かっていたのに、ただひどい自分を認めるのが嫌で、だから気づかぬふりをしていただけなのではなかったか。

(もしかして俺は――修司を総一の代わりにしてるのか?)

髪に触られてどきどきしたのも、腕を振り払えなかったのもすべて、総一に好かれているようで気分がよかったから、だから。

眩暈を感じてよろけてしまうと、逃げるとでも思ったのか修司が腕の力を強めた。

（違う……俺は代わりにだなんて）

悪寒がひどくなってくる。自分がそんなことをする人間だなんて思いたくない。

だけど、本当に違うと言えるのか？　今まで一度も修司に総一を重ねなかったと、自分は言い切ることができるのか……？

とうとう息苦しくなって目を閉じた。何か硬いものを呑み込んだかのように胸の辺りが重くなる。

「好きです。あなたのことが、本当に……」

彼の声が鼓膜《こまく》を打つたびに、ひとつ、ひとつ、骨が溶けてゆくような感じがした。


医局の机で卓上カレンダーを眺めながら、その日何度目か分からない大きな溜息を漏らした。

七月に入り、明日はいよいよ認定内科医の試験だというのに、まったく集中できないのは自業自得《じごうじとく》というものだ。

横長のカレンダーには七月と八月が並んでいるが、目は先ほどから八月の上で止まってしまっている。大阪に行くのは七月末だと聞いたが、試合の結果次第なのでいつ帰るかは未定らしい。

来られませんと言った通り修司は翌週から来なくなり、その代わり週に一、二回だったメッセージが毎日届くようになった。

リアルタイムでやりとりできることは、ほとんどない。

しかしあんなことがあった後にもかかわらず、恵那はたとえ遅れてもそのすべてに返事を送ってしまっていた。

自分は修司を総一の代わりにしているのかもしれない。

あの日生まれた疑惑は今でも胸を塞いでいる。本当にそうなのならば、許されることではないと思った。

身代わりにするなんて絶対に駄目だ。少しでもその可能性があるのなら今すぐ離れなければいけない。

そうやってメッセージを受け取るたび思うのに、いつも思うばかりで体が言うことを聞いてくれない。

「帰ろ……」

一晩追い込みをしたところでどうにかなる試験ではないが、せめてもう一度くらい見直しをしてから臨みたい。神経内科専門医へと続く大事なステップなのだ。罪悪感に苛《さいな》まれて試験に躓《つまず》きでもしたら……泣くに泣けない。

理性と感情の綱引きに心は疲れ切っていたが、しっかりしろと自分を叱り、重い腰を持ち上げた。

ごろり、と胸の中身が転がる気がしたのは、その直後だ。

「恵那先生!?」

何事かと思う間もなかった。崩れるようにしゃがみ込むと一気に呼吸ができなくなった。

血が流れるのを忘れたかのように手足が痺れて冷え始める。やすりで胸を擦られるような、この痛みを知っている。

（なんで、なんで今……！）

思ったが、思考はぶつりと痛みの牙に食い千切《ちぎ》られた。歯を食い縛ってうずくまっていると、呼びかけてくる医者たちの声がどんどん遠くなっていった。

気胸はなんの予兆《よちょう》もなしに、突然発症することがある。一度患っているだけに毎年の検診は欠かさなかったが、実はどれだけ検診を受けても、今のところ予防法がないというのがこの病気の辛いところでもあった。

検査の結果、左肺の再発ではなく今回破裂したのは右肺で、痛みがひどくて試験を受けられる状態ではなく、翌日急遽《きゅうきょ》手術となった。

どうして今日だったんだという悔しさは、もうあらかた失われている。

手術が終わり、病室のベッドに横たわりながら、恵那は静かな瞳で天井を眺めた。

医師として見ているときには真っ白だと思っていたが、照明の周りが白いばかりで、ほとんどの部分がうっすら灰色がかっている。人生というのもこういうものなのかもしれない。僅かな光の時期と、そして多くを占める、ぼんやりとした影の時期。

「お水飲む？」

「ああ……いいや。ありがとう」

命に関わる手術ではなかったが、手術同意書にサインが必要なこともあり、母には連絡を入れざるを得なかった。

「試験、残念だったわね」

「まあ仕方ないよ。でもまた次があるから」

「それでなくても大変な仕事なんだし、こういうときに面倒見てくれる人がいるといいんだけど」

独り言のような小さな声だったが、聞こえないふりをすることはできなかった。

母がこんな風に結婚をほのめかしてくることはあったが、仕事が忙しいことを理由にして——やはり仕事を『ダシ』にして——これまでうやむやにしてきたのだ。

けれどそうやってごまかせるのもいつまでのことか。

形だけ女性と結婚するだなんて、とてもではないが考えられなかった。現に今面倒を見てくれる人と聞いて頭をよぎったのは、なんと修司だったのだ。

それとも総一だったのだろうか。総一に傍にいて欲しいのに無理だと分かっているから、だから代わりに修司の姿が頭に浮かんでしまったのか。

総一、修司、総一、修司。

どちらにしても、彼らは二人とも男だ。

「母さん」

「何？」

「高校のときに、総一って同級生がいたの覚えてる？　野球部で一緒だった」

「覚えてるわよ。背の高い、はきはきしてた子でしょう」

「結婚したんだ」

一呼吸置いてから、「そう」と母は頷いた。

どうして今こんなことを言う気になったのかは分からない。ただ、無性にやりきれなくなったのだ。

「でも、俺は」

言い切る前に、左の手を握られる。「来週ね」と目を伏せて、母が口早に言う。

「お父さん、また学校に呼んでもらってるの。生徒の悩み相談っていうの？　リタイアした後も今は色々あるのね。ほら、お父さんってああいう人でしょう。すごく親身になってくれるって、他の先生たちからも評判よくて」

最後に母の手を握ったのがいつだったのかは、よく覚えていない。だが、母の手は以前と比べて幾分か細くなっているように思えた。

昔は母の手をよく握ったと記憶している。親から愛されることに疑問を抱かない、あの頃はまだ無邪気で傲慢《ごうまん》な、何も知らない子供だったのだ。大人になってから分かったことが、数え切れないくらいにあった。総一の母は五十歳を少し過ぎたばかりだが、恵那の母はあと二年もすれば七十歳になり、父はそれよりも三つ年上で、既に七十を越えている。遅くに恵まれた子だったのだ。男子の恵那が産まれたときには、これで恵那家も安泰《あんたい》だと、ひどく喜んでいたという。

裏を返せば子供が産まれるまでは、母も辛い思いをしたらしい。彼女のことを喜ばせてあげたかったと、これまで何度も、何度も思った。

不意に「ごめんね」と消えそうな声が聞こえて、恵那は母を凝視した。

「ごめんね。弱い母親で、ごめんねえ」

言われたとき、傷口から血が流れ出るかと思った。皮膚の、ではなく、胸のうちの。

もう子供ではない『息子』の本心に、両親は気づいているのではないか。

確かにそれはもう随分と前から薄々感じていたことではあった。けれどももしもそうならば、母が『気づいた』のはいつのことだったのか。

もしかしたら恵那が嘘をついたあのときから、母はすべてを知っていたのではなかったか。息子を受け入れられない罪悪感に、誰よりも傷ついていたのは母なのではなかったか……。

「こっちこそ、ごめん」

大人にならなければ分からないことがある。けれど、分かったところでどうにもならない。

「いいんだ母さん。なんでもない、なんでもないんだよ」

ふたたび天井を見上げると、影が色濃くなった気がした。

目を閉じると冷たいガラスを押し当てられたかのような、ひやりとした何かが甲の上を伝い落ちた。


手術から三週間が経ち、術創《じゅっそう》そのものは順調に回復していったが、疲れやすくなったことは否《いな》めず、恵那は部屋に着くなりベッドに体を横たえた。

深呼吸を何度かして、しばらく体を休める。

目を閉じてうつらうつらとしていると、これまでに修司から貰《もら》ったメッセージが瞼の裏を流れ始めた。

『明日は試験ですね。応援しています。毎日暑いので、体に気をつけてください』

『あんこの画像見つけました。好きだって言ってくれていたので、いらないかもですけど、送ります』

『今朝大阪に着きました。テレビのチャンネルがそっちと違ってて驚きました。明日は開会式で、いよいよ明後日は最初の試合です。いい結果を伝えられるようにがんばります』

色々なことが起こって、心も体も疲れていた。

だからなのだろう、仕事の後に修司からのメッセージを読むと、ほっとしたりくすっと笑ったりして、いつも癒やされるような気持ちになった。

笑ってから、そして泣きたい気分になったのだ。

自分は独りではないのだと、そんなことまでを考えずにはいられなかった。

修司がそこにいてくれる。自分のことを気にかけて、毎日連絡してくれる。そのことが恵那の心をどれだけ強く支えてくれたか。

そうやって思いを重ねた末、会いたい、と思ってしまった夜もあった。

そう、今このときだって思っているのだ。

ここに修司がいてくれたらいいのにと。おいしいコーヒーを飲みながら、他愛もないことで彼と笑い合えたらいいのに。

恵那は上半身を起こして、立てた膝を両腕で抱えた。修司に会いたいという思いが募《つの》る分だけ、自分のことを嫌悪した。

もしかしたら修司に惹かれているのかもしれない、という思いが生まれなかったわけではない。だが、どれだけ修司に会いたいと思ったところで、総一のことが心の中から消えてしまったわけではなかった。

自分の中から総一の存在をあっさり消せるはずなどなかった。

彼に抱いている感情は、愛ばかりではないのだから。

当然友情を、同い年でありながら憧れや尊敬の感情を、そして何より感謝の想いを、今でも彼には抱いている。

その想いを消すことなどできはしない。総一を忘れることなど、できない。

だから、自分は修司に惹かれているのではなく、総一が結婚してしまった寂しさを埋めるために、修司の優しさを利用しているだけかもしれないのだ。

やはり離れなければいけないのだろう。

膝頭に額を押しつけて、重苦しい心でそう思った。

心細い夜、どれだけ修司の言葉に救われたかしれない。修司がいてくれてよかったと、心の底から思った。だからこそあんなに真剣に想ってくれる彼のことを、これ以上振り回してはいけない――。

もう連絡しないでくれと告げよう。

修司が大阪から帰って来たら、そのときこそ。

「痛……」

思うとずきりと胸が痛んだが、それは傷のせいなのだと自分自身に言い聞かせた。

そして胸の痛みがやむことのないまま、恵那は八月最初のその土曜日を迎えていた。

砂利《じゃり》が敷かれた駐車場に降り立ち、憂鬱《ゆううつ》な心持ちで自分の部屋の窓を見上げる。マンションを包む空にはひとつの星も見当たらないが、もう随分と前から見つける努力を放棄している。

すぐに目を前方に戻して、自動ドアを抜けて行く。部屋の前で待っている修司のことを思うと、足の重さがいや増した。

大阪から戻った修司から電話があったのは昨日のことだ。「準優勝おめでとう」と伝えると、いつになくはしゃいだような興奮冷めやらぬ声が返ってきた。

『ありがとうございます。恵那さんの時計があったからがんばれました。それで、明日土曜ですけど、夜行ってもいいですか……？』

エレベーターの隅にもたれて、修司の声を掻き消すように、何度も考えた言葉を頭の中で反芻する。

もう連絡しないでくれ。もう会わない方がいい。男なんかやめておいてよかったって、いつか絶対お前も思うときが来るよ。

自分が望んで告げることなのに、ふたたびずき、と胸が疼いた。

ポンと音がして、エレベーターが停止する。

一歩廊下に踏み出したところで修司と早々に目が合ったが、瑞々《みずみず》しい果実を絞ったような笑顔が眩《まぶ》しく、ついうっそりと目を細めた。白いTシャツの胸にはぽつぽつと汗が滲んでおり、手にはついぞ見たことのない紙袋を持っている。

「あ……こんばんは。お久しぶりです」

「ああ……おかえり」

何気なく言ってしまったが、修司は更に顔をくしゃくしゃにした。

エアコンの電源を入れて、修司にミネラルウォーターのペットボトルを渡してから、取り敢えず落ち着かなければといつものところに腰を下ろす。いつ言おうかということだけで、先ほどから頭の中がはち切れそうになっている。

「その、おめでとう。改めて」

ひとまず言うと、修司は胡坐をかいた腿に両手を置いて頭を下げた。

「ありがとうございます。でも、電話でも言いましたけど、本当に恵那さんのお蔭なんですよ。時計、練習のときも試合のときもずっと傍に置いてて。言葉じゃ言えないくらい力づけられました」

「……お前の力だよ」

そこで、修司が持って来た黒い紙袋をテーブルの上に置いた。

「それでこれ、本当に気持ちですけど、お土産です。気に入ってもらえるか分かりませんけど」

「……ありがとう」

自分はいつも修司に何かを貰ってばかりだ。

そう思い、礼を言ったきり手を伸ばせないでいると、ためらいに気づいたように修司が言った。

「ドライアイス入ってるんで、火傷しないように気をつけてくださいね」

ドライアイスと言うからには食品だろうが、この熱気の中をやって来たのだ。ものによってはすぐに冷蔵庫に入れた方がいい。

恵那は袋を覗き込み、中から黒の細長い紙の箱を取り出した。だが中身を確かめようにもいささか開けるのに気後《きおく》れする。

高校生から貰うお土産にしては、紙質にしろデザインにしろ、随分包装が豪華すぎる気がしたのだ。年上の自分に合わせて背伸びをしたのだろうかと、歯痒《はがゆ》いような気持ちになる。

しかし箱を開けてみて、目に飛び込んできた光にそれらの印象は一変した。

箱の中に並んでいたのは眩《まばゆ》い九つの球体だった。

渦巻《うずま》く雲に覆われた青き地球や、ひときわ目を引くオレンジ色の金星、土星は輪を持ち、海王星は生まれたての真珠のように輝き、星々の中心には暗金色の太陽が重厚な顔で鎮座《ちんざ》している。

「これ……」

「チョコレートなんです。疲れてるときにでも食べてもらえればと思って」

箱を持つ手に力が入る。色砂糖や金粉を纏ってきらきらと光るチョコレートは、もう摑めないと諦めて、探そうともしなかった空の星と同じに見えた。

(俺が、天体観測部だったたって言ったから……?)

出会ってから間もない頃の会話を思い出すと、胸がきゅうっと絞られた。

きっとそうなのだ。そうに違いない。あんな短い会話だったのに、こちらが好きなものを修司はきちんと摑んでいた。

(どうしてこんなに優しいんだ……)

込み上げてくる思いに涙が出そうになる。申し訳なさばかりではない、確かな感動が胸を激しく揺すぶっていた。

しかしほとんど衝動的に、恵那は箱を閉じて袋の中に戻していた。ぐらつく心を奮《ふる》い立たせ、突き放すように一息に告げる。

「貰えない」

この世に美しいものや優しいもの、愛らしいものがあるのは乾いた心を癒やすためだ。こんなチョコレートを食べたら、そのときこそ本当に自分は溶けてしまうと思った。修司の優しさに甘えて、心に決めたことさえ忘れて、きっとどろどろに溶け落ちて、もう二度と元の形に戻れない。

「こんな高そうなもの、高校生から貰うわけにいかない。悪いけど……」

袋を修司の前に置くと、彼は慌てた声で言った。

「えっ、でも、俺は時計貰ってるし、それに比べたら全然高いものじゃないですから」

「あれはお前のために買ったものじゃない。本当に悪い、悪いから……」

「悪くなんかないです。あの、恵那さんも試験あったじゃないですか。後から考えて、俺、自分のことばっかりで恵那さんのこと全然考えてなかったたって思って。なんの応援もできなかったから、だから、後になっちゃいましたけど、俺の気持ちと思って受け取って欲しいです」

綺麗すぎる気持ちはときに人を追い詰める。自分はこんなことをしてもらえる人間ではないのだと、益々《ますます》胸が痛くなった。

「……け、られなかった、から」

俯いていたせいで、声は小さくくぐもった。

「はい？」

「試験は、受けられなかったから」

「ど、どうしてですか!?」

「試験の前の日に……また、気胸になって」

修司は一瞬動きを止め、それからずいっと前のめりになった。

「気胸って……え？　待ってください。もしかして手術したんですか？」

「したよ。だから、試験の日に」

肩を摑もうとしたのか彼は両手を広げたが、直前で思い留まったように恵那の前で両手をついた。

「か、体、大丈夫なんですか？　痛いんじゃないですか？」

「無理しなかったら大丈夫だよ。今回は内視鏡手術だったから傷口も小さかったし、手術の二日後には仕事もしてたし」

「二日後!?」

「別に驚くことじゃない。本人が腎臓結石《じんぞうけっせき》の手術受けて、膀胱《ぼうこう》に管《くだ》を通したまま患者の手術をした外科医だっているんだ」

修司は唖然として、それから項垂れた。

「や……大丈夫ならよかったですけど。あの、でも、なんで教えてくれなかったっていうか」

「なんでって」

大事な試合の前に言えるわけがないじゃないか——という本音は心の奥にしまった。

「そんなに大掛かりな手術じゃなかったし……」

答えると、修司の顔がせわしなく上げられた。

「え、ええ？　でも、俺たちあんなにラインして……。いや、ちょっと、なんか俺、すごい悔しいんですけど」

「……なんでお前が悔しいんだ」

「滅茶苦茶《めちゃくちゃ》悔しいですって！　好きな人が大変なときに傍にいられなかったんですよ？」

本心から悔しがるように修司は頭を抱えてしまい、すぐには継ぐ言葉が見つからず、恵那は呆然《ぼうぜん》として彼を見つめた。

不意に、放たれた『好きな人』という言葉が鼓膜にすっと突き刺さる。同時に、どうして、という思いが憤《いきどお》りとともに腹の底から湧き上がった。

（どうしてそんなことが言えるんだ？　どうして迷わないんだ？　男を好きになったって出口なんかどこにもないのに！）

「なんでだよっ。なんでお前はそんなに俺を好きなんだよっ。男を好きだなんて、なんでそんなに自信持って言えるんだ！」

「恵那さ……」

一度口を開いてしまうと止まらなかった。どこに潜《ひそ》んでいたのかと思うほど、言葉は後から後から溢れ出した。

「傍にいたら何ができたって言うんだ？　男同士なんか人前で手だって握れないじゃないか。面倒なんか見られない、見られないんだよ。お前の親御さんに知られたらって考えたことあるのか？　将来に傷がつくかもって考えたことあるのか？　結婚したい、子供が欲しい、親御さんに孫を見せてやりたいって、お前は思ったことがないのかよ！」

「恵那さん、落ち着いてください」

修司に両肩を摑まれて、恵那は腕を振り上げて抗《あらが》った。

「俺は落ち着いてる！　何も分かってないのはお前の方だ。若くて、ただ好きって気持ちだけで突っ走ってて、だからいつか絶対後悔するんだ。やめときゃよかったたって、間違いだったたって、やっぱり女にしとけばよかったたって。ばっ……離せよ！」

「恵那さん、泣かないでっ。肺がっ」

体格の差ばかりはどうにもならない。離せ、離せと言いながら、恵那は押さえるように抱き締めてくる修司の背中を拳で叩いた。

もう耐えられなかった。これでは正気を失くした獣と同じだ。自分の気持ちが分からない。なのにこの手を離せない。どうして自分はこれほどまでに、弱くて、脆《もろ》くて、あさましいのか――。

「修司、もうやめよう。友達なんて言って悪かった。俺が悪かったから、だからもう、会うの、やめよう……」

「ちょっと待ってください。恵那さんの気持ちは分かりましたから。だから、お願いします。ゆっくり息して」

背中を宥《なだ》めるようにさすられて、いつしか恵那は修司の胸の中で細かく肩を震わせていた。

しっとりと汗ばんだ髪の中に手を入れて、修司が恵那の頭を掻き寄せる。

「恵那さんが言ってることはよく分かります。でも、すみません。俺はあなたを好きになって後悔したことなんか一度もないし、これからするとも思えません。それに俺には」

腕ばかりでなく、胸も、声も、恵那に触れる修司のすべては震えていた。触れたところから火が点くようにちりちり熱くなってゆく。

「あなたは俺のことを好きなのに、俺のことを心配してためらっているようにしか、思えません」

「ち、違っ……」

修司の手が頬に掛けられ、影を落とす長い睫毛が近づいて来る。

「あ……」

それは押し当てるだけの柔らかな、小鳥の遊戯《ゆうぎ》のようなキスだった。それしか知らないというような懸命さで、何度も震える唇が重ねられる。

「修……や、め……」

言葉では抗ったが、修司の腕に大した力は入っておらず、逃げようと思えば幾らでも逃げられたのに、恵那は抵抗しなかった。

修司のくちづけは甘かったのだ。頭で考えていたよりも、ずっと。

「恵那さん、もし俺の将来とか親のことを考えてるなら、心配しないでください」

「違う。俺は、そんなつもりじゃ……」

首を振りながら言うと、ふたたび顎《あご》を持ち上げられた。駄目だ、と惑乱《わくらん》しながら必死に自分を戒《いまし》める。

駄目だ。これ以上温められたら抗う言葉が溶けてしまう。

「逃げないで、いてくれるんですね……？」

触れる前に発せられた、確かめるような言葉が脳の奥の奥まで届く。言われた意味は分かったのに、少しも顔を逸らせなかった。

押し返すために置いていたはずの手が、修司のシャツを握ってゆく。瞼を閉じると温かな吐息がふわりと唇を湿らせた。

下唇を甘嚙みされて、優しく前に引っ張られる。唇の内側を濡れた何かでなぞられて、割り開かれずとも開いていた歯の間からやわりと舌を差し込まれる。

そして、修司の唾液《だえき》が舌に落ちるとともに、

「絶対に、大事にしますから」

理性の芯はあとかたもなく、溶けて崩れて落ちていった。


床に投げ出された恵那の手の中で、欠けた地球がゆっくり形を変えてゆく。窓は雨で濡れそぼっており、今夜の工場の光はひときわ大きく膨れて見えた。

「恵那さん」

「な、に……」

呼吸を奪っていた唇を離して修司が呼ぶ。横向きに抱かれて体を預けた形で、恵那は修司の瞳を覗

き返した。ふたつの舌の間で溶かされてしまい、齧《かじ》ったチョコレートのかけらはすっかり形をなくしている。

あの日初めて唇を重ねてからというもの、もう何度もこんな風にキスを交わしてしまっていた。

毎週ひとつずつ溶かされて、九つあったチョコレートも残り五つになっている。

「手……溶けちゃってますよ」

地球を取り上げてテーブルの上の箱に戻すと、修司は自分の指についたチョコレートを舐《な》め取ってから、続けて恵那の手を取った。

「……っ……」

チョコレートがついた手の真ん中をちろりと舌で舐められる。初めは舌先でくすぐるように触れてくるだけだったが、すぐに肉厚の舌全体が絡みつくように愛撫《あいぶ》を始めた。

水かきを吸い上げてから、口の中にすっぽり指を含まれる。口蓋《こうがい》と蠢《うごめ》く舌に締めつけられて、腰までぴりぴりと痺れが走った。

特別な言葉で確認したわけではないが、付き合っていると言って間違いのない関係になってしまったことは明らかだ。そればかりでなく、修司の存在が自分の中で大きくなってきているのも、今ではっきり自覚している。

修司といるのは以前にも増して心地がよく、こうして抱き締められてキスをされれば体が熱く燃えすらする。

だからなんの問題もないはずなのに、この胸の迷いはいつになったら消えるのだろう。

「修司っ……」

突然下肢の中心に触れられ、恵那は小さく体を竦めた。いつかこうなるだろうと予想はしていたが、実際に触られたのは今日が初めてのことだった。

「恵那さん……駄目、ですか？」

胸が苦しくなってくるほど、窺う修司の声は切ない。

修司が期待するのは当然なのだと分かっているが、思う心とは裏腹に、体はいっそう縮んでゆく。

「ご、ごめん。その……」

言うと、修司はさっと手を退《の》けたが、代わりにおずおずと恵那を抱き寄せながら悔いの滲む声で言った。

「いいんです。俺の方こそすみませんでした。恵那さんがこうしてくれてるだけで夢みたいなのに、調子に乗って……」

詫《わ》びる修司に胸が痛む。キスを受け入れた今、覚悟を決めなければいけないことは恵那も分かっていた。

だけどどうしても一抹《いちまつ》の不安が胸から消えてくれないのだ。

後ろから初めて抱き締められたあのとき、総一の姿を思ってしまったことが忘れられない。

あれは意思ではなくて反射だった。つまりは制御《せいぎょ》できない本音ということで。

修司は総一の代わりではない。そうだと思っているし、思いたい。でも体を重ねるときに総一の姿を思い出してしまったらと思うと、怖くて修司との関係を深めることができないのだ。

もう半年もの間、総一とは会っていない。先日も会おうと誘われたけれど断ることしかできなかった。

ここまで修司に甘えておきながら、総一と会って、もしもやはり総一の方が好きだと思ってしまったら――。

「恵那さん……怒り、ました？」

不安そうに尋ねられて、修司を見上げる。

「怒ってないよ」と答えると、修司は泣き笑いのような顔を見せて、恵那の頬を包んだ。

「信じてください。俺、絶対に恵那さんが嫌がることはしませんから。もし、その……体の関係が嫌なら……それでも」

修司は気づいているのだろうか。『信じてる』と言われるのが怖いと言っていた彼が、今『信じてください』と言っていることを。

修司の体の熱は一向に引く様子がない。体と言葉のちぐはぐさが痛々しかったが、それほど懸命に自分のことを想ってくれているのだと、嬉しくもあった。

我慢してくれている修司の姿を見ているうちに、ふと、本当は自分もゲイなのだと打ち明けた方がいいのかもしれないと思った。

中学のときに嫌なことがあって、それで言えなかったのだと言えばいい。今まで誰にも、総一にすらあの話をしたことはないけれど、修司にならば言えると思う。

「好きです。あなたがいてくれるだけで、本当に幸せなんです。大好きです。恵那さん……愛してる」

だが、告げられた言葉に思いはぷつりと途切れた。

「あ、愛してる、なんて……」

焦りの余り、声が情けなく裏返ってしまう。

「はい」

「会ってたったの半年で……どうして言えるんだ」

「どうしてって……愛してるって思うのに、時間が関係ありますか？　兄さんたちだって会って一年で婚約したんですよ？」

思いがけず出された総一の名前に、たじろぎながら返事をする。

「そ、それはそうだけど……時間だけの問題じゃない。そんな激しい感情……どこから出てくるんだ」

まるで愛など知らないとでもいうような口振りだったが、むろん恵那にも人を愛する気持ちは分かる。ただ、そういった感情を向けられるのは初めてのことで、自分の何がそれほど修司を掻き立てるのか、すとんと腹に落ちないのだ。

修司は小首を傾げると、ごく穏やかな微笑みを見せた。

「愛してるって、激しい感情ですか？」

「え？」

「俺、あんこに日焼け止め塗って笑われたことあるんですよ」

何故ここで犬が出てくるのか、恵那もつられて首を傾げた。

「子供のとき、母さんが俺に日焼け止め塗ってくれて。分からないから『これ何？』って訊いたら、

『肌を守るため』って教えてくれたから」

あんこのことを思い出しているのか、修司の眼差《まなざ》しは優しかった。

「だから、犬に塗ってあげたのか？　守るために？」

母が子供を想うように、大事だったから。愛していたから。

「俺は、愛ってそういうことだと思います。ぼん、と爆発するような激しい感情じゃなくて、相手が元気で笑っていてくれたら嬉しいなって、そういうありきたりだけど、幸せな感情……。恵那さんも愛してるって言葉の代わりは『あなたが笑っていてくれて嬉しい』だって言ってたじゃないですか。それと同じ……」

言葉の終わりは唇の中に落とされた。胸がとくんと柔らかく鳴り、目元がじんと熱を持つ。

そのまま温かなくちづけを受けていると、何かがふっと胸を擦めた。

それは激しいものではなかったけれど、なんだかとても、大事な気持ちだった気がする——。

「お前って……本当にできたやつだよな」

ふと胸に湧いた言葉を口にすると、修司が意表を衝かれたような顔をした。

「できたって……すみません、それどういう……」

「いや、だって、なかなかお前の年でそういう風には思えないんじゃないかと思って。高校生って大抵もっと浮《うわ》ついてるっていうか。それだけじゃなくて、お前は素直だし、礼儀正しいし……だから、できた男だな、と」

言うと、修司はかあっと顔全体を染めた。こんな顔を見るのは久しぶりで、恵那の方までどきりとする。

「あ、ありがとうございます。褒めてもらえて嬉しいですけど、でも俺は、やっぱりできた男なんかじゃないと思います」

「なんでだ？」

「それは、俺は兄さんを……『できた男』を傍で見てるので」

紅潮した顔に苦笑が滲んだが、思いがけない返事に恵那は目を丸くした。

「総一をって……どういうことだ？」

「ええと、恵那さんの中で、兄さんてどういうイメージですか？」

総一のことを尋ねられて胸が逸り、苦労して平静を装いながら答えた。

「そうだな。面倒見がよくて……明るくて、優しい、かな」

この答えならどれも総一を言い表していて、且つ特別な感情を悟られる心配はないだろう。

内心びくびくしていると、「ですよね」と修司は頷いた。

「兄さんて、たぶん外での顔と家の中での顔が一緒なんですよ。タフで、信念があって、頼りがいがあって。弁護士なんてすごくストレス溜まる仕事だと思うんですけど、家の中で愚痴とか言うこともないですし。精神が並外れて強靭《きょうじん》なんだろうと思います」

そこで、修司はふうと息を吐いた。

「そういう人ですから、俺は子供の頃から『総一さんはいい男だ』、『総一さんはできる人だ』ってずっと隣で聞いてきました。だから、俺の『できた男』の基準は兄さんなんで、自分ができるやつだなんて思ったことは一度もないんですよ。俺は兄さんみたいに誰とでも仲良く話せるわけじゃないし、すぐいっぱいいっぱいになるし……逆境に強いわけでもないですから」

「そんな……お前と総一じゃ十歳違うんだから、経験値が違ってて当たり前だろう」

沈んだような声音につい口を挟むと、修司は慌てたように首を振った。

「あ、すみません。だからって兄さんが嫌だとか、ひがんでるってわけじゃないですよ。ただたまに……顔はこんなに似なくてよかったから、もうちょっと兄さんに性格が似てたらなって、そう思うことがあるくらいで」

そう言って修司はどことなく面映《おもは》そうに笑った。

その顔を見ているうちに胸が切なく絞られてくる。修司がそんなことを思っていただなんてまったく知らなかった。彼の性格からしてひがんでいないというのは本当だろうが、若干の引け目を感じているのだろうことは表情から窺える。

「……お前はお前でいいんじゃないのか」

「え？」

確かに総一は『できた男』だ。でもだからと言って、総一と比べる必要なんかどこにもない。

自分の迷いを棚に上げていることは事実だったが、そう思った気持ちもまた本心からのものだった。

「別に、総一に性格が似てなくたって……お前にはお前のいいところがあるんだから」

修司はしばらく無言だった。無言のまま、潤んだ瞳で恵那を見つめた。

抱き寄せる手にゆっくりと力が込められる。

「はい……そうですね。ありがとうございます。恵那さんがそう思ってくれるなら、それだけで俺は……」

こめかみのところに鼻頭《はながしら》を押しつけられて、じゃれつくように擦られる。くすぐったくて目を上げると、修司は幸せそうな顔をしていた。

「修司、もうそろそろ帰らないと……。こんな雨の日に遅くなったら、家の方が心配する」

横抱きにされているのが心地よくて、気づいたときにはかなりの時間が経っていた。壁の時計が示す時間に焦り、修司を見上げる。

ひどい九月だった。山河《さんが》が荒れ狂い、気温は異常な上昇と下降を繰り返し、大地の形があらゆるところで変わっていた。そして今夜もまた同じように、しのつく雨が街をしとどに濡らしている。

「嵐になればいいのに」

ふと漏らされた言葉に胸が震える。音にならない続きの言葉がしっかり聞こえてくるようだった。

嵐になってしまえばいいのに。そうしたらここに閉じ込められて、朝まであなたとずっと一緒にいられるのに。

「……なんて、言ったら駄目ですよね。恵那さんは嵐でも病院に行かなきゃならないでしょうし」

「ああ……」

物分かりのいい言葉に反し、修司の声には聞いたことのない拗《す》ねたような響きがあった。胸をくすぐられて瞳を見つめると、ばつの悪そうな微笑みが返ってくる。

「そういえば、来週の日曜って何か予定ありますか？」

思い出したように問いかけてきた修司に、「いや」とすぐに返事をする。病院の用事が入らない限り、ここのところ日曜の予定はこうして修司と会うことくらいだ。

「今のところないけど。どうしてだ？」

「学校で練習試合があるんですけど、観に来てもらえませんか？」

「試合？」

話に聞くばかりでこれまで修司の試合を目にしたことは一度もない。バレーをする修司のことを見てみたいと、驚くほど素直に恵那は思った。

しかし、沸き立つ気持ちはすぐに不安に上塗りされた。

部外者の自分に誘いをかけてくるような試合なのだ。試合には十中八九、修司の家族も来るだろう。

「あの、さ、その試合って、総一も来るのか？」

訊くと、修司は軽く頰を強張らせた。

「来ます、けどっ。俺、何も言ってませんから。当たり前ですけど、兄さん俺たちのこと何も知らないし、だから、普通に来てくれれば」

「そういうわけじゃ……。ただあいつと会うの久しぶりだから、どうしてるかと思って」

戸惑いながらも、行かなければならないのだろうと思った。

いつまでも総一と会うことから逃げていられるはずがないのだ。いい加減自分の本音と向き合わなければ、ここからどこへも行けはしない。

「分かった。行くよ」

修司は安心したように息をつき、ふと振り返って窓の外の天を見上げた。ガラスを打っていた雨の音がいつの間にかやんでいる。

「ああ、やんじゃいましたね」

それは、去りゆく雨を惜しむかのような、ひどく切ない声だった。

そんな姿がいじらしく思われ、知らず目を細めて修司を見る。

そして、まるで修司がまた来てくれるのが当然のように、恵那は苦笑しながら返事をした。

「今日帰ったって……また来ればいいじゃないか」

「千尋、久しぶり」

横から肩を叩かれたのは、体育館の入口で傘《かさ》を傾けたときだった。朝から降っている雨は昼を過ぎて勢いを増し、水滴が線となって閉じた傘からも流れている。

「あ……久しぶり」

会うことを覚悟して来たはずなのに、嫌でも体が跳ね上がった。

「悪い、びっくりさせたみたいだな」

総一は苦笑いをしながら、傘を入れるビニール袋をスタンドから取って恵那によこした。ほらよ、という気安い言い方に、総一だ、と鼻の奥がツンとする。

初めに胸に起こったのは、懐かしいという感情だった。古巣に帰って来たような安心感。揺るがぬ信頼と、濁りのない好意。

好きと嫌いの二択《にたく》しかないのならば、総一のことは好きなのだとしか言いようがない。煮え切らない自分にうんざりしたが、それが嘘偽りのない本心なのだから仕方がなかった。

もどかしさから目を脇に逸らすと、総一の隣の女性と目が合った。

「こんにちは。式ではスピーチありがとうございました。今日お会いできるって聞いて楽しみにして来たんですよ」

「……どうも」

祥子が笑顔で会釈をすると、肩までの髪がさらりと動いた。こんな人だったんだな、と化粧気のない顔につい目を走らせてしまう。テニスをやっているとかで適度に焼けた肌が健康的で、はきはきとした物言いといい、爽やかで清潔な雰囲気を強く纏っている人だ。

しかし、なんなのだろうか。

祥子を見ていると何かが心に引っ掛かった。

「ところで千尋」

「えっ？　あ、何？」

大事なことだったように思うのだが、そこで違和感は立ち消えた。視線に気づかれたのかとしどろもどろに言葉を返すと、いつになく憂いを帯びたような、総一の瞳とぶつかる。

「お前、今日は一日空いてるのか？」

訊かれ、問いの意味を深く考えることなく答えた。

「空いてるけど。なんで？」

「そうか。そうしたら試合の後に少し話せないか。久しぶりだし、お前に訊きたいこともあって」

「訊きたいこと？」

訊き返しながら、もしかしたらキクのことだろうかと懸念《けねん》した。何か心配なことがあるなら彼の顔つきにも納得がいく。

「駄目か？」

「いや、もちろん大丈夫だよ。反対に悪かったな。誘ってもらってたのに最近断ってばっかりで」

切実な声音が心配だったこともあるが、総一を避けていたことへの負い目もあり、恵那は即座に頷いた。

総一は一度俯いたがすぐに顔を上げた。するとその顔の上にはいつもの笑顔が戻っていた。

「それにしてもお前とここで会うとは思ってなかったな。……いつの間にあいつとそんなに仲良くなったんだ？」

体育館に入りながら、総一はそんなことを話題にした。

「それは……勉強、教えることになって」

「ああ、それは聞いてる。まあ……あいつもお前に会えて嬉しかったんだろうな。昔は毎週お前が来るの待ってたから」

怪訝《けげん》に思って眉を寄せてしまうと、総一が意外そうに目を開いた。

「覚えてないか？　高校のとき、いつも修司と犬が玄関先で待ってただろう」

「それは覚えてるよ。あんこだろ？　でも、待ってたって」

「そうそうあんこ、懐かしいな。ほら、あのとき修司ってまだ七つとか八つだっただろう。純血種の犬を飼ってる友達に『お前んとこは雑種だろ』って言われて、たまたま落ち込んでたときだったんだな。そういうときにお前が来て、あんこのこと『可愛いな』って言って撫でてくれたらしい。それからだよ、あいつがお前のこと待つようになったの。修司にも『あのときの人は恵那さんか』って訊かれたから、そうだって答えておいたんだけど」

恵那さん、と呼ぶ修司の声が、不意に体を取り巻いた気がした。

——俺は、愛っていうのは激しい感情じゃないと思います。

三人で並んで歩きながら、コートの方へと目をやる。ストレッチをしている修司の背中を見つけたが、何故だが無性に気恥ずかしくて、すぐに視線を前に戻した。

雨天をものともせず、体育館は大勢の人で賑わっていた。開放感のある高い天井を手始めに、熱気に満ちた館内を見渡す。

修司の通う公立高校はスポーツ校として有名で、コートを両脇から見下ろすようにスタンド席が設けられている。スタンドとスタンドを繋ぐ通路には横断幕が掛かっており、そこをカメラを持った女子高生が飛び跳ねるように行き交《か》っていた。

スタンドに上がって列の中ほどに座ると、数列前でブラスバンド部が演奏をしていた。随分熱が入ってるな、と体を伝う振動に気持ちを高揚《こうよう》させながら思う。

「練習試合って聞いてたけど、応援も結構派手なんだな。勝たなきゃまずい試合とか、何かそういうのなのか？」

スタンドの前にはチアもいる。隣に座った総一に訊くと、彼は「ああ」と相槌を打った。

「まずいってわけじゃないが、顔が潰れるってところだろう。相手チームがわざわざ静岡《しずおか》から来てる強豪なんだよ。この前のインハイでも四位だったか。インハイ二位なんて言って浮かれてたら負けるからな。だから修司のやつも今朝からピリピリして……ああほら、噂《うわさ》をすればだ」

総一が指差した先を見ると、修司がちょうどアタックの練習をしていた。一人一人交代で打っていくので、一度打っては列の後ろに回ってゆく。

だが、修司の顔を見ているうちに、俄《にわ》かに心配が頭をもたげた。右膝に施された黒いサポーターのせいなのだろうか、なんにせよ、修司の形相《ぎょうそう》が尋常《じんじょう》ではない。

「なあ、修司さ、大丈夫なのか」

後ろの席では女子高生たちがふたつに割れたメガホンを打ち鳴らしている。賑やかではあるが、話せないほどではない。

「大丈夫って、何が？」

「顔がいつもと全然違うだろ。険しいっていうか。怪我《けが》でもしてるのか？」

本気で心配して訊いたのに、「違う違う」と総一は笑った。

「お前は修司の試合初めて観るもんな。怪我も何もこれがあいつの『普通』だよ。いつも試合前は殺気立ってて怖いったらない」

「殺気？」

そこでワッと歓声が上がり、黄色いポンポンを持ったチアが最後のポーズを決めていた。いよいよ試合が始まるようだ。コートに吸われるように、恵那も体を前のめりにする。

始まりのサーブは修司たちのチームが放った。相手チームがレシーブし、トスを上げ、ネットすれすれでスパイクを打ってきたが、うまくブロックが決まってまずは修司たちに一点が入る。

続けてのサーブだがこちらはネットに引っ掛かってしまい、ここでサーブ権が相手チームに移動した。強烈なジャンプサーブを打たれてひやっとしたが、守備専門のリベロが体を張って拾い、セッターが打ち上げたボールがコートの端から端に向かって弧を描く。

修司が走り込み、腕を後ろに大きく振り、しなやかな全身のバネを使ってコートを存分に踏みしめる。高く高く飛び、天へと弓を引くように腕を伸ばし、修司は体をくの字に折って、激しくボールを叩きつけた。

修司の姿に釘付けになる。一瞬彼の体が宙で止まっているかに見えた。どうしてあれほど大きな体があんなに高く飛ぶのだろう。

今度はバックトスで上がったボールをすぐさま打ち落とすクイックだ。ボールが鋭角に相手コートに落ちると、耳の後ろでけたたましくメガホンが鳴らされる。

中盤まで優勢に進んだが、相手も研究して来ているらしく、続け様にスパイクを跳ね返されて、修司の目が妖《あや》しく据わった。

だが力で押し切るかと思えば、絶妙な隙を見つけて軽やかなフェイントで翻弄《ほんろう》する。それからは反撃の一途《いっと》で、何度でも空に飛び上がり、修司は白球をコートに叩きつけてゆく。

ボールを追う彼の顔を、もう険しいとは思わなかった。普段は秘めている闘志が燃え立つ様は、熱く、危《あや》うく、眩しかった。

第一セットは二十五対十八で、修司たちのチームが先取した。

「千尋？　なんかぼうっとしてる？　あんまり面白くないか？」

ドリンクを飲んでいる修司を見ていると、総一に訊かれた。

「いや、面白いよ。反対に生でスポーツ観るのなんて久しぶりだから、圧倒されて」

「そうか、ならいいけど。ルールとか分かるか？」

「細かいところは分からないけど、充分楽しんでる。ああ、あれ、修司は後ろになったときもレシーブしないんだな。他の選手はしてるみたいだけど」

コートには六人の選手が前後に分かれて立っていたが、ポジションは固定していないようで時計回りにローテーションをしていた。修司も動くには動いたのだが、後ろに回っても彼はアタックしかしなかったのだ。

「ああ、あいつはオポジットだから」

「オポジット？」

「攻撃専門のスーパーエース。高校じゃ置いてるところ少ないけど、あいつはジャンプ力もあるしバックアタック打てるからな」

猛々《たけだけ》しい顔のまま、修司は監督に向かってしきりに頷いている。もしもこの勇姿を見ていなければ、攻撃専門と聞いてもピンと来ることはなかっただろう。

そのとき、「せーの」と真後ろで声が聞こえた。

「は、や、み、くーん！」

揃った囀《さえず》りに、総一と祥子と一緒になって振り返る。メガホンを打ち鳴らす代わりに名が連呼されるが、聞こえていないのか修司はちらりとも見ようとしない。

「修司はお前にバレーの話はしないのか？　前、悩み事の相談に乗ってもらったなんて言ってたけど」

「主将っていうのは聞いたけど、あいつは自分のことスーパーエースだなんて言うやつじゃないだろ。どうやってチームを引っ張ったらいいのかって不安を漏らすこともあったし。その、バレーに関しては自信がない顔しか見たことがないんだよ。だから、ああいう顔で試合するんだって、正直言うとちょっと驚いてる」

「なるほど」と総一は何かを考えるように腕を組んだ。

「今、日本の高校男子バレーの選手が何人くらいいるか知ってるか？」

首を振ると、「大体三万五千人だ」と答えが返ってきた。

「それでプレミアリーグ、野球のセントラルリーグみたいなものだ、に入ってるのは、今は男子は八チームしかない。各チームに所属する選手の数は平均で二十人だから、毎年新人が二人入るとしても、高校の同級生の中でプレミアリーグに入れるのは二千人に一人ってことになる」

具体的な数字を知らされて、改めて厳しい世界なのだと思った。選手たちがコートに戻って行くのを見ながら、総一は続けた。

「修司はもうそのチームから声がかかっている。俺が大学に行けって勧めたから進学はするみたいだけどな。チーム入りは大卒後だとしても、在学中に全日本に呼ばれる可能性だってあいつは大きい。心技体だけじゃなくて、あいつには人を惹きつける華《はな》も備わってるし、つまり、どれだけ謙遜してもあいつは才能の塊、言うなれば一流のバレー選手ってことなんだよ」

「身贔屓《みびいき》だな」と総一は笑ったが、違うんだ、と恵那はもう少しで言ってしまいそうになった。

初めてマンションに来たときの、「苦しいんです」と身を震わせた修司のことが頭に浮かぶ。彼の態度は謙遜ではないのだと、今は微塵《みじん》の弱さも見せないコートの姿を見ながら思った。

（これだけ期待されてたら、プレッシャーにもなる、な）

修司は周りが思う以上に大きな不安を抱えていて、けれど責任感から、ぐらつかないように自分を叱咤《しった》しているだけなのだ。

彼にだって支えは必要だ。弱音を吐くことができない上に立つ者なら、尚更。

自分はそれを知っている。何故なら修司が自分には、本音を打ち明けてくれたのだから。

そう思った瞬間だった。

何かがじわりと胸の奥から沁み出した。

才能に溢れ、前途は洋々としているのに、修司は決して驕《おご》らない。不器用なくらい真面目で、一途で、自分は未熟だと陰で努力を積み重ねる。

そんな修司が見せてくれた心のほころびが、彼の心の揺らぎが、このとき何故だか唐突に、たまらないほど愛しくなった。甘酸っぱいようなやるせないような思いが、体の隅々にまで広がってゆく。

胸がどきどきと波打つ。ふたたび空を飛び始めた修司を見て、綺麗だ、と思った。

甘く笑ったときよりも、好きだと告げてきたときよりも、これまで見たどんなときよりも、今の修司は輝いていた。

修司たちは二セット目も連取したが、三セット目を相手に取られた。しかし四セット目を取り返して、そこで試合終了となった。

強まっていた雨音を消すように、メガホンがひときわ大きく鳴らされる。修司たちは相手の選手とネット越しに手を打ち合わせてから、監督の元へと引き揚げて行った。

そのとき、修司が迷うことなく恵那を見上げて手を振った。テーピングされた指が颯爽《さっそう》と空を舞い、無邪気な笑顔が炸裂《さくれつ》する。

「うそぉ！　速水君笑った？　今こっち見て笑ったよね？　やだ、あたし？　あたし？」

二人組の女子はどうやら修司を追いかけているらしく、口々に「速水君超かっこいい」とか「マジ神」などと言っている。

やっぱりもてるんじゃないか、と今思い出さなくてもいいことを思い出してしまう。こういう子たちの隣にいるのが普通なんだろうなと思っていると、突如《とつじょ》後ろめたさに襲われた。

「やっぱり修司君て人気あるのね。優しいし、格好いいものね」

不意に、微笑ましげに祥子が言った。

試合前に覚えた違和感がなんであるかに気がついたのは、このときだ。

祥子を直視できているのだ。総一と二人で並んでいる姿を見ても、結婚式で感じたような胸を衝かれる痛みがない。

(俺はもう祥子さんに嫉妬していないってことか……?)

思うと、霧《きり》が晴れるようにそれまでの迷いがなくなっていった。何よりも総一を隣にしながら、修司のことばかりを見ているのが動かぬ証拠に思われる。

(そうなんだ。俺は、やっぱり修司のことが好きなんだ……)

総一の代わりなんかじゃなかったんだ——。

熱く高鳴る胸の中で、ようやくそう思えたときのことだった。

「あいつ今、明らかに『お前』を見て笑ったよな」

熱を一気に冷ますような、ひどく平坦な総一の声が聞こえた。

「お、お前じゃないのか」

「俺が試合の後にあいつのあんな顔見たのなんて、そうだな、中学のとき以来か。あいつはお前に随分懐いてるんだな。いつもどんな話をしてる?」

「どんなって……」

いつもは気持ちよく感じる滑舌《かつぜつ》のよさがいやに鋭く耳を打つ。答えられずに無意味に唇を動かしていると、女子たちの会話がふたたび間に割って入った。

「ねえねえ、速水君の彼女ってどんな人かなあ」

「やめてよお。速水君に彼女とかマジありえない」

「でも今まで『好きな人いる』って言って断ってたんじゃん。それがこの前告《こく》った子は、『付き合ってる人いるから』って断られたって」

鼓動がいきなり速まり、シャツの胸元が揺れ始めたのが自分で分かる。

総一に聞かれてはいけないことを、聞かれてしまった感じがした。

「……千尋？」

訝しげに名前を呼ばれて、みるみる体が強張ってゆく。

「あ……悪い。え、と、そうだな、学校のことも話すし、キクさんのことも話すよ。お前のことも」

「そうか。ところであいつに彼女なんて初耳だな。そういう子はここにはいないみたいだけど……。お前何か聞いてるか」

探るような訊き方に、総一は自分たちのことに気づいているのではないかという不安に駆られた。けれどすぐ、気づいていたところでおかしいことは何もないのだと思い直す。

何故なら総一は知っているのだ。恵那が同性を愛する男であることを。

その瞬間背筋が一気に冷たくなった。

総一は修司の兄なのだ。

修司のことを心の底から愛する家族。未成年の修司にとって、保護者となりうる立場の人間。

どうして今まで思いつかなかったのだろうか。

自身に向けられた同性からの告白には寛容《かんよう》でいてくれた総一。けれど、高校生の弟が同性と恋愛の渦中《かちゅう》にあると知ったら？　やはり反対するのが兄というものではないだろうか。

もしも総一に反対されたら。もしも修司の両親に知られたら。

きっと修司と引き離されて、もう二度と会えなくなって、そうしたら自分はまた、あの独りのまっくらやみの中に——。

「ごめん、俺ちょっと……」

思い始めてしまうと止まらなかった。傍らの傘を鷲掴んで立ち上がる。このままここにいたらすべてのものを失《な》くしてしまう気がしたのだ。

崩されたくなかった。失くしてしまいたくなかった。

やっと気づくことができた——ささやかな、かけがえのない、修司といるときの幸せを。

「千尋、ちょっと待て。帰るわけじゃないよな？」

傘を手にしたからだろう。総一が引き止めるように素早く恵那の手首を掴んだ。

訊きたいことがある、と言われていたことを思い出す。キクのことではなかったのだと、体を硬直させて思った。

おそらく修司のことなのだろう。

今、総一は修司の兄として、恵那と修司との関係を問いただそうとしているのだ。

総一はポケットから車のキーを出して祥子に渡した。

「先に車に戻っててくれ。あんまり遅くならないようにする」

わけが分からないという風に、祥子、そしてスタンドの下から修司がこちらを見つめている。立ち上がった総一に促されて、恵那はざわつくスタンドを下りて行った。

体育館からは長めの渡り廊下が延びており、まっすぐ行くと本校舎に、右に曲がると他の建物に出るようになっている。

造りを把握しているのか総一の足取りに迷いはなく、屋根つきの廊下を彼について右に曲がった。軒《のき》からは切れ目なく雨が垂れており、遮るものなく聞こえる雨音にいやが上にも気持ちが塞がる。

着いた先はいわゆる学食で、働いている人は見当たらなかったが飲み物の自動販売機は稼動していた。ちらほら保護者らしき人の姿も見えるので、関係者以外の人間にも今日は開放しているのだろう。広い堂内には幾つも四角いテーブルが並んでいたが、総一は迷わず窓に沿ったカウンター席に座った。

のろのろと隣に腰掛け、陰気に下を向いてしまう。疚しいところがあると言わんばかりだったが、開き直ることはできなかった。

「分かってるのかもしれないが、話っていうのは修司のことだ。実は、少し前にあいつから『男同士の恋愛はどう思うか』って相談されてな」

顔を上げて総一を見ると、彼は静かな瞳をしていた。

「で、でも、あいつはお前には何も言ってないって……あ——」

しまった、と思ったときには遅かった。

総一が二、三度頷いてから、カウンターの上で組んだ両手に目を落とす。

「やっぱり、あいつと付き合ってるんだな？」

問いかけられても何も言えずにいると、総一は続けた。

「悪い。かまをかけたわけじゃなくて、相談されたのは本当なんだ。ただあいつ自身のことじゃなくて、『友達に相談されたんだけどどう答えればいいか』なんて訊かれてな。でも俺が『個人の自由だから応援してやればいいんじゃないのか』って言ったら、あいつ、あからさまにほっとした顔して」

ガラス一枚を隔《へだ》てているだけなので雨の音が大きく聞こえる。けれど総一の声は雨音に掻き消されず、明瞭《めいりょう》に耳の奥まで届いた。

「前、うちの親父が長いこと単身赴任してるって言ったのは覚えてるか？」

突如切り替わった話題に訝しく思いながらも頷くと、総一はゆっくりとした口調で語った。

「十歳年下っていうのもあるんだろうな。親父が近くにいない分、修司のことは俺が面倒見なきゃって子供の頃から思ってきた。高三にもなってって笑われるかもしれないけど、あいつが誰とどういう付き合いをしてるのか、そんなことにまで気を配ってきたつもりだ。だから、あいつが見たこともない時計をしてたとき」

言って、総一はカウンターの下の恵那の手元に目をやった。恵那の手首には今、大学のときにしていたスクエアタイプの時計が嵌《は》められている。

「これはどうしたんだって、当然追及した。あいつは『友達から貰った』なんて言ったけど、普通の高校生がハミルトンの時計なんかやれるもんかと思ったからな。そこを突いたら、『恵那さんから貰ったんだ』って、結局吐いた」

高校生に金目《かねめ》のものを渡したと、そこを非難されているのだろうか。そんなつもりはなかったのだと、首を振って訴えた。

「あれは、修司がインハイに行くとき『何かお守りになるものを貸して欲しい』って言われて、だから」

総一は目だけで頷いて、恵那の言い分を遮った。

「それも聞いてる。『自分だってこんなに高いもの貰うつもりなかった』って、あいつ自身も言ってた。『自分はただ、恵那さんの野球ボールを貸して欲しかっただけなんだ』ってな」

野球ボールと言われて思わず絶句してしまう。すると、総一の瞳が不穏な光を帯びた気がした。

「あのな、千尋」

まっすぐな視線に射貫かれる。

「そのボールは……高校のときに俺があげたやつなのか？」

途端、総一からボールを貰ったときのことが頭の中に蘇った。

洗われたボールの革の匂い。汗ばんだ総一の背中にぴったりと張りついていたシャツ。好きだと告げる声に被せて、やかましく鳴いていた、蟬。

そうだった。自分は……総一への想いが詰まったあのボールを、インターハイに行く修司に貸してやることができなかったのだ。

「どうなんだ？」

総一が事実を知ったらどう思うのかは分からない。でも言い逃れることはできそうもなく、恵那はやむなく頷いた。

「そう、だ……」

答えると、総一は溜息を漏らし、一拍置いてから続けた。

「あれはお前にやったものだ。俺がどうこう言えることじゃないのは分かってる。だけど、妙にこの辺に引っ掛かるんだよ」

と、彼は喉の下辺りを手で擦った。

「昔のボールひとつくらい、どうして修司に貸せなかった？　どうして貸してもらえなかったんだって訊いてもあいつは何も知らなかった。あいつが訊かなかったのかもしれないが、つまり……修司は俺がやったボールだってことも知らなかったっていうことだ。……過去にあったことを全部話した方がいいなんて言わない。だけど、俺が渡したものだってことくらい言ってやってもよかったんじゃないのか？　黙ってたことに何か理由があるなら……俺に教えてくれないか」

「それ、は」

うまい言い訳も思いつかず語尾を濁すと、総一はごしごしと両手で顔を擦った。

「悪い。責めるみたいな言い方して。……千尋。言っておくけど俺は何もお前と修司のことを反対してるわけじゃないんだ。むしろ、あいつとお前だったら俺は応援してやりたいと思ってるくらいで」

驚きに目を開きはしたが、言葉を鵜《う》呑みにはできなかった。硬いままの総一の表情は、言葉の通りに賛成しているようにはとてもではないが見えなかったのだ。

「ただ先にひとつだけ確認しておきたかったんだ。違うなら違うって怒ってくれればいいし、俺もそうあって欲しいと思っているんだけど」

横殴りになった雨が、突然ばたばたと窓を打つ。

堂内を包む音に気を取られているうちに、総一の唇がゆっくり言葉を綴っていった。

「あいつは俺の、代わりじゃないいな？」

そう訊いた総一の周りだけが、妙な静けさに満ちていた。

「え……？」

「高校のときのことがなければ、俺だって何もこんなこと思いやしない。だけど、もし俺が結婚したことで……それで俺に似てる修司に目がいったんだったら」

「ち、違……」

違うとはっきり言いたかった。総一の代わりではないのだと、修司のことが好きなのだと、できることなら伝えたかった。

だけど、一瞬ためらってしまったのだ。

今の気持ちはどうあれこれまで散々迷ってきたのに、素知らぬ顔をして『代わりではないのだ』と、言ってしまっていいのだろうか。

「速水！」

突如堂内に響いた声に、最初に反応したのは総一だった。

振り向く総一の顔を見てから、恵那も追って後ろを向く。

「お前こんなところで何やってんだよ！　あいつはどこ行ったんだって監督怒り狂ってるぞ！」

声を上げて向かって来たのは試合に出ていた選手のうちの一人だった。

恵那たちの後ろには、いつの間にか修司が呆然と立っていた。

チームメイトが修司の腕を摑み、無理矢理引いて行こうとする。

だが恵那の顔をじっと見たまま、修司は少しも動かなかった。

「恵那さん」と瞬きをして、修司が掠れた声で言う。

「どういうことですか？」

恵那は椅子から立ち上がって唇を動かしたが、何か話さなくてはと思うばかりでひとつも言葉にならなかった。

いつから修司はいたのだろうか。

どこから聞かれていたのだろうか。

「速水、なあ。すぐ行かないと皆まで叱られ……」

「分かったよ、すぐ行くから！　頼むから少しだけこの人と話させてくれ！」

修司の怒鳴《どな》り声を聞くのは初めてのことで、びくりと体が竦み上がった。呼びに来た男子も修司の剣幕《けんまく》に驚いたようで、渋々といった様子で戻って行く。

「修司、お前な……」

総一が立ち上がって叱るような声を出したが、それにも修司は引かなかった。

「兄さんも！　俺をミーティングに行かせたいなら早く恵那さんと二人にさせてくれよ！　早く！」

総一は厳しい目つきで修司と見合っていたが、やがて髪を掻き回して大きな溜息を吐いた。

「くそっ、分かったよ！　だけどな、仲間の迷惑を考えろ。できるだけ早くミーティングに行け。

……千尋、すまんな」

肩に手を置こうとしたのを総一がやめたのが分かった。今や修司の拳は握られており、色を失くした唇は小刻みに震えている。

総一が隣を行き過ぎるなり、修司は言った。

「代わりってどういうことですか？　恵那さんは……兄さんのことが好きだったんですか？」

「ち、違う……。代わりじゃない。代わりなんかじゃ……」

独り言のような小声で答えると、修司は続けて捲し立てた。

「じゃあ兄さんのことは好きじゃなかったんですね？　兄さんとはただの友達で、あなたは男が好きだったわけじゃなくて……。だけど俺があなたを好きになったみたいに、あなたも俺だから好きになってくれたって……そう信じていいんですね？」

ひそめている分、その声は血を吐くように苦しげに聞こえた。そうだ、と言うことができず黙り続けていると、放心したような顔で修司が言う。

「答えて、ください。恵那さんは、男が……兄さんのことが、好きだったんですか？」

それ以上ごまかすことはできなくて、恵那は唇を一度噛んだ。

「ご、めん……。だ、黙ってて……悪かった……」

修司は返事をしなかった。彼がどんな表情をしているのかは、目を伏せてしまったので分からなかった。

「でも、総一のことは、前の話なんだ。今は、お前のことが」

「いつからですか？」

問われて顔を上げると、修司の目には涙が溢れるほどに溜まっていた。

「修司っ……」

「いつから兄さんのことが好きだったんですか？　高校のときからですか？　それからいつまで……好きだったんですか？　兄さんが結婚するまでですか？　俺が告白したときも……俺と、キスしたときも……兄さんのことが、好きだったんですか」

「それは……」

修司の涙に、言葉に、頭がひどく混乱していた。

嘘をついた方がいいのか真実を言った方がいいのか、うまく考えることができなかった。

「俺も、よく、分からなくて……」

修司は信じられないというように首を振り、踵を返して出口に向かった。

向けられた背中に一気に血の気が引く。走り去る修司を追いかけて慌てて食堂を飛び出した。

「待っ……修司！　待ってくれ！」

修司は体育館へは戻らず豪雨の降りしきる中を校舎の裏へと走って行った。すぐに角を曲がって姿が見えなくなり、追いかけようにもどこに行ってしまったのか分からない。

雨の中で立ち尽くし、恵那は目元を手で覆った。

（最悪だ――）

何故あんなことしか言えなかったのだろう。あんな、修司を傷つける真実しか――。

「修司、違うんだ……」

修司の耳に入ることなく言葉が雨の中へと消えてゆく。

冷たい雨に打たれたまま、恵那は焼けつく胸を掻き毟《むし》った。

その晩総一から電話が入り、すべての事実を正直に伝えた。

今まで何度も修司と会っていたこと、今では彼を好きなこと。そして修司と出会った最初の頃は、総一のことをまだ想っていたことも。

『すまないな。俺が余計なこと言って引っ掻き回したばっかりに』

自身に向けられていた恵那の恋心には触れることなく、総一は詫びた。

「違う。全部俺が悪いんだ。本当にすまない。修司にも、お前にも、ひどいことを……」

『お前は俺に謝る何かをしたわけじゃない。それよりも、お前があいつを好きだっていうのはちゃんと伝えたんだろう？　それなのになんだってあいつは……』

「好きだからって許してもらえるとは限らないよ。……修司の様子、どうだ？　謝りたいんだけど、電話に出てもらえなくて……」

『俺とも口をきいてくれないよ。部屋で……声上げて泣いてる。あいつ、ミーティングにだいぶ遅れて行ったみたいなんだな。監督にしこたま叱られて、それも応えてるみたいだ』

咄嗟に口元を押さえて、零れてしまいそうな嗚咽《おえつ》を堪えた。

仲の良かった兄弟の間に亀裂を入れたばかりでなく、修司が何よりも大事にしていたものを放り出させてしまったのだ。

修司、修司、と心の中で呼びかける。

謝りたい、抱き締めたいのに、想いがひとつも届かない。

『なんとか渡りをつけてやればいいんだが』

「そんなことお前に頼めるわけない。すまなかった。今までずっとお前に甘えっぱなしだった。でも、もう――」

通話を切ってベッドに伏せると、押し寄せる後悔に瞼と唇をきつく閉じた。

ちゃんと好きだと伝えていればよかった。

このまま終わってしまうのだろうか。嫌だ。嘘だ。そんなことあるわけがない。だって好きだと言ってくれた。愛していると、言ってくれた。

でも、もしも修司が話を聞いてくれなかったら。もしも欺《あざむ》いたことを、許してくれなかったなら。

考えたくもなくて、恵那は抱えた枕に顔を埋めた。

そして、どうか許してくれ、と。

修司の姿を想いながら、夜通し必死に祈り続けた。

時計を確認すると八時半を過ぎており、まさか早退してしまったのだろうかと恵那は校門の隣で足踏みをした。見上げると街灯の下で小さな羽虫《はむし》が回っている。部活は七時半までのはずなので、まだ出て来ないのは幾らなんでも遅すぎる。

(それとも学校を休んでる、のか)

大きなショックを受けたのだ。その可能性はあると思うと胸が軋んだ。

昨日は夜勤で来られず、少しでも早くと思って今日来てしまったが、もっと日を置いてから来るのが修司のためではなかったか。

正しい答えは分からないけれど、待っているだけでは駄目だと思った。このままではもう彼から連絡が来ない気がして――。

スマートフォンを入れたジャケットの胸に、祈るように手を当てる。修司の都合のいいときで構わないから、話を聞いて欲しいと思った。

ふたたび校門の辺りが賑やかになり、ぞろぞろと背の高い男子ばかりが出て来て緊張したが、不思議そうに恵那を見る中に修司の姿は見当たらない。

（あと十分……二十分待ったら帰ろう。そうしたらまた電話をして）

そう思ったとき、団体から遅れて修司が門から現れた。

「あっ」

つい声を上げてしまうと、修司は驚いたように目を丸くし、しかしすぐに顔をしかめて無言のままで背中を向けた。走りこそしなかったものの大股で行ってしまう姿に、遅れないよう小走りになってついて行く。

「修司、あの、俺、お前に謝りたくて……。頼むから、話聞いてくれないか」

肩に掛けられたスポーツバッグの底の鋲《びょう》が、言葉を跳ね返すかのようにちらちら目の前で光っている。

「ごめん。本当に、すまなかった。う、嘘つくつもりはなかったんだ。俺が、弱くて、お前に甘えて、黙ってて、本当に、ごめん」

追いかけながら話をするのは思った以上に骨が折れた。

「総一のことは……好きだったけど、でも今はお前のことが、す、好きなんだ……。会っているうちに好きになって……本当なんだ。し、信じてくれっ」

必死に息継ぎをしながら懇願《こんがん》したが、修司が立ち止まる気配は微塵も感じられなかった。呂律《ろれつ》が回らなくなってきて、歩む速度に乱れが生じる。次第に駆けては止まって膝に手をつき、また駆けるということを繰り返さなければならなくなった。

何度目かに立ち止まり、腰を折ったときのことだ。

「家までついて来るつもりですか」

足を止めた修司が背中を向けたままで言った。いつの間にか修司の家に近い住宅街に入っており、民家のブロック塀《べい》の中からテレビの音が聞こえている。

「どうして今更言い訳するんですか？　兄さんから何か言われたんですか？」

止まってくれたと安堵する間もなく、投げつけられたのは冷たい声と言葉だった。

「違う、総一は関係ない。俺が、お前に許して欲しくて」

「許して、それでどうするんですか？　また友達にでもなるんですか？　俺はもうそんな関係いりません」

「しゅう……」

「あなたの本心はよく分かりましたから。あなたはずっと困っていたのに、諦められなかった俺が悪いんです。だから恵那さんも、もう嘘つかないでください」

「う、嘘じゃな……俺は本当に、お前のことが……」

「俺は別に怒っていません」

それは恵那を拒絶するような、淡々とした声だった。

「ただもう、あなたの言うことを信じられない」

息がひとりでに止まってしまう。体が空気を求めてもがくのに、呼吸を拒絶するかのように思考が止まって動いてくれない。

「俺のことが好きだなんて、どうしたら信じられるって言うんですか？　だったらどうしてゲイだってこと隠してたんです？　真剣に俺とのことを考えてたなら、隠す必要はなかったはずです。それに、あのボールだって」

心臓が跳ね上がり、歯の根がかたかたと鳴り始めた。

「兄さんがあげたものだったんですね。道理でたまたま出してるなんておかしいとは思ったんです。恵那さんの部屋の壁ですけど、テレビの脇のところだけが黒ずんでるのって気づいてますか？　俺、バレーやってるから分かるんです。何回も同じところにボールぶつけてると跡がついて、どれだけ掃除しても染みになっちゃって落ちないんですよ。何回あそこにボールをぶつけたんですか？　兄さんのことを想いながら、何百回、何千回」

言い終わると修司は両手を動かしたが、何をしているのかは背中に阻《はば》まれて見えなかった。握った拳を体の脇に垂らしてから、ようやく恵那を振り返る。

しかし見下ろしてきたその顔に、恵那は驚愕《きょうがく》せずにはいられなかった。

これは本当にあの修司なのだろうか。いつでもはにかむような優しい笑顔を浮かべていた、これが、あの。

向けられた修司の顔からは表情という表情がごっそり消えてしまっていた。怒りどころか悲しみすらなく、真っ黒な瞳の奥にはただ底なしの虚無《きょむ》がある。

修司は拳をブロック塀の上に載せ、握り締めていたものをそこに置いた。

塀の上に置かれた円い文字盤が、片目の猫のように恵那をじっと見つめている。しかしそれは一瞬だけ車のライトを反射して、すぐさま暗闇の中に紛れた。

「あなたが俺を見てくれたことは、結局一度もなかったんです」

修司はそう言って、最後に恵那を一瞥した。

そして動かぬ表情のまま、片方の目から涙を流した。

修司の背中が見えなくなった後、どのくらいの間その場に立っていたのか分からない。

何かをしようにもぼんやりとするばかりで、頭も体もまったく動いてくれなかった。

痛み止めを飲んだときのような感覚が体全部を包んでいる。一時的に遮断《しゃだん》されているだけで痛みがそこにあるのは分かり、薬が切れてしまえばまた痛むのだろうなという、あの、諦めと恐怖が入り混じった感覚。

夜勤がたたって何度も意識が飛びそうになったが、ここで倒れるわけにいかないと、恵那はようやく足を上げた。

だが、駅へと向かっていたはずなのに、どうやら途中で間違えたらしい。気づいたときには両脇が空き地になった、暗い路地へと入っていた。

戻れば正しい道が分かるのだろうかと考える。

でも、いったいどこで間違えたのだろう?

引き返すことも立ち止まることもできずに歩いていると、ふと暗がりの果てに車が行き交う大通りが現れた。光に集《つど》う虫のように、俯いていてもふらふら勝手に足が進む。

お前は今小さな虫なんだと言われたら信じてしまいそうな気すらする。

何もかもが少しも現実味を持たない。光も、音も、風も、匂いも。

しかしそう思ったことへの戒めのように、大通りに出る手前で何かが頬をふっと擦めた。立ち止まり、雨だろうかと思って指を当ててみたが、頬が濡れている様子はない。柔らかなものだったので羽虫か何かだったのだろう。またひとつ、何かがひらりと落ちてくる。

(なんだろうこれ……。葉っぱにしては白い……)

訝しく思って頭上を見上げたのと、強い風が吹きつけてきたのは同時だった。

一瞬、自失のあまり夢の世界へさまよい込んだのだろうかと思った。ちらちらと目の前を舞い散ってゆく、儚《はかな》い春の夢。

だが、もちろんそれは夢などではなく、直視するのが痛いくらいの現実だった。

白い花吹雪《はなふぶき》に包まれて、記憶が激しく頭を回る。修司の声が蘇るたび、胸が芯から震えていった。

——うちの近くに桜が一本あるんですけど、その桜、一年に三回咲くんです。

修司の話から想像していたよりも、それはずっと小さな姿だった。まだ若く、か細い枝を懸命に伸ばして、光と闇の境界で、白くぼんやり光っている。

「あ……」

頬を撫でて落ちたものは、淡い桜色の花びらだった。

秋の花びらが舞い落ちる中、一歩、一歩と桜に近づいてゆく。修司が見ていたのはこの桜だったのだと思うと、幹《みき》に伸ばした指先が震えた。

乾いた幹に触れながら思う。

修司もこうして触れたのだろうか。桜を見上げて思ったのだろうか。

どうして咲いてしまったのかと。どれほど苦しかったのだろうかと。お前は誰の犠牲になったのだと。どうして人間は他の何かを傷つけても、エゴを捨てることができないのかと。

「ふっ……う――――」

体中から力が抜けて、恵那はその場に膝を落とした。

「うっ……う――うう――」

どうして。

「う、あ……あああああああっ……」

どうしてもっと早く、自分のエゴに気づけなかったのだろうか。

彼は愛してくれたのに。あんなにも近くで絶え間なく、愛を注いでくれたのに。

思いながら、悔いながら、天に向かって声を上げて泣いた。

泣く資格などないと分かっていても、彼を失った痛みを堪えることができなかった。

その手がそこにあるのが当たり前だと思っていた。あまりにも静かな彼の愛の在《あ》り方に、今まで気づくことができずにいた。

あんな男は他のどこにもいなかったのだ。

夜のしじまの中で交わされたキス。心に沁みる純粋な言葉。春の花がほころぶような、期待と喜びに満ちた、温かな微笑み。

人を傷つけることを少しも知らない——修司は決して、決して傷つけてはいけない男だったのだ。

なのに自分はそんな男を傷つけたのだ。

自分勝手なエゴで。彼は何も悪くなかったのに。

こともあろうか修司と総一を秤《はかり》に掛けて。好きだと言ってくれた修司の気持ちを、これ以上ないひどいやり方で、自分の都合で振り回して、ぼろぼろになるまで壊したのだ。

許されることなどあるはずがなかった。

どれだけ思っていても。どれだけ修司のことを、愛していたのだとしても。

そう、彼のことを愛していた。自分でも気づかない間に、もうこんなにも修司のことを愛していた。

今になってようやく分かる。

彼が手の中からすり抜けて行って、今、初めて——。

「あ……あ……ごめん、修司……ごめん……」

愛することを、思いやることを、彼は教えてくれたのに。

幸せはこの手の中にあったのに、どうして分からなかったのか。

せめてもう少しでも早く、自分の気持ちに気づいていたなら。

乾くことのない頬に、桜がはらりと舞い落ちてくる。

柔らかな、決してこちらを傷つけることのない花びらが、今は辛くてならなかった。


修司の元から戻った時計は針が止まってしまっていて、単なる電池切れなのかもしれなかったが店には持って行かなかった。

もうこのまま動かなくていいと思ったのだ。時計も、自分の心も、修司の手から離れてしまった時のまま。

「今日の最初の患者さんは……速水キクさん、ですね」

「ええ。速水さん、ご自身から積極的に来てくださるからありがたいですよね」

牧山から机に向き直ると、白衣の左ポケットが重みで僅かに脇にずれた。もう動きはしなくとも、いつでもそれは傍にある。

「恵那先生の言ってた通りだね。コンサートまでの日を数えてたら、あんまり日付を間違えなくなったよ」

「クリスマスコンサートまであと一ヶ月ですね」と笑いかけると、キクも笑顔を返してくれた。あれから丸二ヶ月、修司と会うことはもうないけれど、せめてキクにはできる限りのことをしたい。

「好きだという気持ちは強いですからね。好きなことに触れて、自然と笑っていただくのが何にも勝る薬なんです。これは落とし穴なのですが、病気があるからといって、いつも辛い顔をしていなくちゃいけないんだと思わないようにしてください。周りに面倒をかけている自分が楽しそうにしていたら申し訳ない、真面目な方ほどそんな風に思ってしまうことがあるようですから」

薬がきいているのかキクの状態は安定しており、定期検診は滞りなく終了した。

「総一君や……修司君は、お元気ですか？」

問いかけると、母はやにわに複雑そうな顔を見せた。

「総一はお蔭様でいつも通りですけど、修司がちょっと……。この前大学のスポーツ推薦の面接があって、今ちょうど結果待ちなのね。大丈夫だろうとは思うけど、試験の前からなんだか元気がなくて」

「そう、ですか……」

そんな大事な時期だったのだと思うと、潰れるように胸が痛んだ。彼のことを知ろうとしなかったことを、少しも思いやれていなかったことを今更ながら思い知る。

(——すみません。本当に、申し訳ありません)

彼の不調の原因は自分にあるのだと言えるわけもなく、心の中だけで謝って、恵那は静かな声で伝えた。

「……どうぞ、体を大事にとお伝えください。修司君が元気になって笑ってくれたら、私もとても嬉しいです、と」

二人がドアの向こうへ消えてから、そっとポケットの上に手を置いた。そして、どうか受かっていますようにと、想いのすべてを手の中に込めた。

硬く凍らせてしまったものは時計だけではなかった。

その夜、部屋に戻って冷蔵庫の前に立つと、恵那はしばらくの間放心したように扉も開けずにじっとしていた。

冷たい暗い箱の中にいるのは、もう輝くことのない惑星たちだ。それらは氷と隣り合わせになって、歯を立てることもできないくらいに固まっている。

一人で食べることなどできるはずがなかった。だけどこのまま置いておいたら悪くなってしまうと思った。

だからひと思いに凍らせたのだ。

凍らせてしまえば少なくとも、形が崩れることはないから。

冷蔵庫の扉を見つめたまま、ふと、もう修司は自分のことを好きではないだろうなと思った。

当然だろう。あんな仕打ちをした人間を好きでい続ける理由がない。

好きどころか、彼はきっと自分のことを、嫌って、憎んで、蔑《さげす》んでいる——。

「う……」

たまらなかった。

総一が結婚したとき、やはり心臓が崩れてしまうような気持ちになったが、片想いの相手が結婚するのと、愛されて、唇を重ねていた相手が去ってしまう痛みは比べものにならなかった。

心臓だけではなく、今は体中が痛かった。

痛い。

喉が、背中が、胸が、爪先が。

あの優しい男に嫌われているのだと思うと、全身が、たまらないほど痛かった。

扉に置いた手の上に額を強く押しつける。

自分が蒔いた種なのだと分かっていても、嗚咽を抑えることができなかった。


暖冬ということで十二月になってもあまり寒さを感じなかったが、海ほたるのデッキに立っているとさすがに冷気が身に応えた。

心にはぽっかりと大きな穴が開いている。海ほたるを過ぎるつもりが体が勝手に慣れたカーブを選んでいて、またここから出られなかったな、と虚《うつ》ろな思いが穴を抜けた。

いつでも自分はこうなのだ。どこへも行けず、ここから離れられず、きっとまた何年経っても恋しい人を忘れられない。

川崎は様々なものが入り組む街だ。

海と陸、都会と田舎《いなか》、経済発展と大気汚染。昼間は子供のシャボン玉が浮かぶ場所で、夜は煙草の煙が浮かぶ。

しかしそれらは対極にあるわけではなく、ひとつの事象が時間とともに形を変えただけのことで、すべてのものは循環する中で、磨耗《まもう》し、或いは老い、いつかは跡形もなく消えてゆく。

誕生と消失と出会いと別れ。延々と続くサイクルからは誰も逃れることができず、誰も彼もが同じところをぐるぐる回ってゆくしかない。

動物も植物も無機物も何もかも。

それは何かにとって特別なことではなく、宇宙にある、天体ですら。

柵に腕を載せた体に夜の潮風が吹きつけてくる。首を竦めて身震いをすると、左手の円い時計も一緒になってぶるっと震えた。

海原《うなばら》には色濃い闇がたゆたっており、その上に銀河を思わせる煌めく道路が延びている。その果てに連なっているのは京葉《けいよう》工業地帯の灯りだ。向かい来る白い光に去り行く無数の赤い光。光の輪郭《りんかく》は遠くへ行くほど朧《おぼ》ろになり、最後にぼうっと火影《ほかげ》を揺らめかせて、黒波の中に溶けてゆく。

恵那は夜景を瞳に映しながら、人には忘れられない光があると思った。

目頭から涙が一筋流れ落ちる。あんなに綺麗なものはなかったと、瞳が喜びに泣いていた。

きっと忘れることはない。

怖いくらいに真剣な目も、躍動する筋肉も。ボールを追って光っていた、彼の汗の一粒も。

たとえ何があっても。

もう二度と会うことができなくとも。

何ひとつ、決して一生忘れない。

（修司……会いたい……）

合わせる顔などあるはずがないと分かっていても、会いたいという思いまでを止めることはできなかった。

少しは元気になってくれただろうか。人を信じられなくなったりしていないだろうか。修司、どうか、どうか優しいお前のままで。

たまらず腕の上に顔を伏せたとき、胸の電話が着信を知らせた。病院からとは違う呼び出し音に、跳ね上がるように体を起こす。

この音は——。

『千尋か!?』

あの日以来総一とも連絡を取っていなかったが、久しぶりに聞いた彼の声はひどく焦った調子だった。

『修司のやつがそっちに行ってないか？』

出し抜けに聞いた修司の名前に、胸が一気に騒ぐ。

「総一？　どうしたんだ？」

「いや、悪い、今外で。どうしたんだ？　修司に何が……」

『それが、うちのばあさんがあいつを俺だと思って「総一」って呼んでたらしいんだけど、俺が帰った途端、修司のこと見て「あんた誰」って言い出してな。修司だって何度説明しても思い出せなくて、あいつ……「皆俺のことなんかどうでもいいんだ」なんて言って、飛び出しちまった』

横殴りにされたように頭が揺れた。修司が言った『皆』の中には間違いなく恵那も含まれているのだろう。

キクに罪はないがあまりにタイミングが悪すぎる。恵那もキクも総一のことばかりを想っている——修司はそう思ったのではないか。

「飛び出したって……それ何時の話だ？」

『確か八時くらいだ。家の周りやら友達の家やらは当たったんだけど、どこにもいなくて。だからお前のところかと思ったんだが』

八時というと、もう一時間半前だ。

「いや、うちには来てないと思う……でも、分かった。俺も捜す。見つかったら連絡するからっ」

『頼む。甘えるよ。あいつ大学の推薦受かったんだ。でも下手なところうろつきでもして、万が一補導でもされたりしたら……』

大学だけじゃない。最悪、選手生命が——。

涙も感傷も吹き飛ばされ、全力で走って車に戻る。運転席に座った時点で息が切れていたが、構わずアクセルを強く踏んだ。呼吸の音と総一の声の残響が鼓膜をびりびり震わせている。

「修司っ……」

修司の気持ちを思うとやりきれなくなり、オレンジの光が流れるハンドルの上を拳で叩いた。

どんな形であれ家族から存在を否定されるのは悲しい。キクのケースは仕方のないことであるが、だからこそ尚更悲しみの持って行き場がない。

箸が持てなくなったキクに食べさせてあげていた修司、ばあちゃんコーヒー淹れるのうまいんですよと笑っていた修司は、キクから自分の存在を否定され、今きっと荒寥《こうりょう》とした悲しみの中に沈んでいるに違いない。

最後に会ったときの修司の顔が頭に浮かぶ。表情の失われていた顔。虚無だけを湛えていた瞳。

今思えば中学時代の自分があんな顔をしてはいなかっただろうか。誰よりも近かった人との間に溝ができて、孤独の闇に取り巻かれて。

そうだ……修司が抱えていたのは孤独だ。

あのとき生まれた孤独がもしも今回のことで増幅して、修司の心に取り返しのつかない闇が広がりでもしたら。

嫌な想像に焦りが増した。修司に限って馬鹿な真似《まね》をするはずがないと思うが、自棄《やけ》になった人間が何をするかは分からない。早く見つけなければいけない。修司を一人にしておいては駄目だ。誰かが修司を見つけ出して、孤独の底に落ちてしまう前に彼を支えてあげなければ。

どこにいるのだろうと考えたが、思いつくところは限られている。

桜のところだろうか。いや、家の周りは捜したと言っていた。そこ以外に修司が行きそうな場所なんて、自分にはあと一箇所しか。

(修司、頼む。そこにいてくれ……!)

心で強く願いながら、恵那はアクアラインを疾《と》ばして行った。

ざざっとアスファルトを擦って車が千鳥運河の前で急停止する。ライトの先に捜していた長身が見えて、胸が歓喜に震え上がった。けれど、いた! と思ったのも束《つか》の間《ま》、修司はたちどころに駆け出してしまう。

「修司、待ってくれ！」

馬鹿な自分に奥歯を噛みながら、ドアを叩きつけて修司の後を追いかけた。修司が自分に会いたいはずがないのだ。気づかれないように車を停め、総一に連絡をすればよかったのに。

むろん悔やんだところで後の祭りだ。ならば追いかけるより他はない。

運河を渡った冷たい風がひりひり頬を切りつける。だがざらつく道路を駆けていると、足の裏から生まれた振動で体は熱く燃えていった。胸も苦しくなってくる。気胸の手術をしてから五ヶ月、激しい運動はまだ肺腑《はいふ》に重く響くが、立ち止まってなどいられない。

車やフェンスや積み上げられたドラム缶。ほとりには様々なものがあったはずだ。しかし恵那の目にはがむしゃらに走る修司の背中しか映らなかった。

暗がりの中ただ彼だけを追いかけて、まっすぐな道を走って、走って、走って行く。

「行くな！　修司、行くな！」

力の限りに叫んだつもりだが、大きな声は出なかった。破裂しそうに胸が苦しくなったが、足を止めている暇はない。肺がふいごのように激しく息を送っている。体の中で火花が弾けているようだ。苦しい。息ができない。胸が、痛い。

「あっ……」

最初から全速力で走った分、思うよりも早く体が限界を訴えた。動かない足に鞭《むち》打ったため、無様に転んでうつ伏せに倒れてしまう。すぐに起き上がろうとしたのだが、ひどい動悸にそれは叶えられなかった。赤く擦り剝けた手の平で、コートの胸を掻き寄せる。

もう足は満足に動かなかったが、尚、行かせない、とそのことばかりを考えていた。

行かせることなどできるはずがなかった。

自分には、修司の気持ちが分かるから。

どれだけショックを受けたのか、どれだけ孤独だったのか。

家族に存在を否定されるのが、どれだけ辛いことなのか。

「しゅうじいっ……！」

分かるから、だから絶対行かせない。

修司を独りにしてはいけないのだ。

叫んだ反動で砂埃を吸ってしまい、背中を丸めて咳《せ》き込んだ。それでも腕を前方に伸ばして、まだ、と心の中で叫びを上げる。まだ修司に追いついていない。ここで諦めるわけにはいかない。

瞳よりも先に、伸ばした指先が大地ではない何かを摑んだ。弾力のある布のような革のような、これは、靴だ。

顔を上げてみると、修司が目の前に立っていた。

「しゅう、じ……修司っ……」

にじり寄って片足に両腕を巻きつけると、修司の顔が苦しげに歪む。

「なんでですか。なんであなたが俺を追いかけて来るんですか……！」

「修司、話、聞いてくれ。頼むから独りにならないでくれ。俺のことは許してくれなくてもいい。でも、医者としての俺の話だけは聞いてくれ」

修司は奥歯を噛み締めたが、腕を振り払おうとはしなかった。

「兄さんが連絡したんですね？　話なんて……あなたは俺のことなんかどうだっていいんでしょう!?　あなたも、ばあちゃんも、俺のことなんか、全然……」

「お前のことがどうでもよかったことなんか一度もない！　それに、俺なんかとキクさんのことを一緒にしたら駄目だ……。修司、キクさんだってお前を忘れたかったわけじゃない。お前のことを誰よりも忘れたくなかったのはキクさんなんだよ」

「なんでそんなことが分かるんですか？　ばあちゃんは兄さんのこと覚えてたのに俺のことだけ忘れたんですよ？　きっと、兄さんの方が大事だったから」

彼のふくらはぎを掻き抱いて、必死に首を横に振った。

「それは違う！　これは感情じゃどうにもならないことなんだ。頼むからキクさんのことを責めないでやってくれ。修司、お前が傷ついたのはキクさんのことが好きだったからだろう？　それほどキクさんは自分にとって大事な人だったんだって、そう思うことはできないか？　お前の辛さはよく分かる。だったら何があっても我慢しなきゃいけないのかって思うかもしれない。でも、お前が辛くなったら俺が話を聞くから！」

握られた修司の拳がぶるぶると震える。それは泣くのを我慢している子供のような仕草だった。

「そんな慰め、いりません」

「修司！」

「あなたに同情なんかして欲しいわけじゃない！　俺は、あなたがっ……」

　修司の瞳からついに涙が零れ落ちたが、どんな表情も見逃したくはなくて、目を逸らさず彼を見つめた。

「恵那さんはひどい人です！　俺のことなんか好きじゃないのに、どうしてそんなに優しくするんですか。期待させるだけだったら……俺は、もう、そんなの……」

　しゃくりあげながら言う修司の言葉に、胸のうちを閃光のようなものが走り抜けた。うぬぼれてしまっていいのならば、きっとまだ修司は自分を想ってくれているのだ。

「修司」と想いが伝わるように呼びかける。

「俺は、総一のことが十年好きだった」

　告げると、驚いたように目が開かれた。

「何年お前のことを好きだと言ったら信じてもらえる？　二十年か？　五十年か？　お前が信じてくれるなら、俺はこれからもずっと、お前を好きだと言い続けるよ」

　修司の目から涙がどうと溢れ出す。音なく唇が動かされたが、それは『恵那さん』と形づくられたようだった。

「代わりなんかじゃないんだ。俺はお前のことが好きなんだ。それともやっぱり、もう俺のことなんか信じられないか……？」

　縋る瞳で見上げながら、辛抱強く返事を待った。

「あなたは……本当にひどい人だ」

修司は空を見上げて涙を乾かすように瞬きをした。それから唐突にポケットから財布《さいふ》を出し、小銭入れを開いて中から何かを取り出す。

彼が膝をつくのに合わせて恵那も膝を立てると、修司が軽く握った手の平を胸の前に差し出してくる。

「俺が、どれだけあなたのことが好きか知ってるのに」

「これ……」

銀色のボタンのようなものが、広げた手の中にはあった。

「時計、返さなくちゃいけないって分かってたけど、これくらいは……これだけでも、傍に置いておきたかったから っ……」

修司の手の中の電池ごと、恵那は力任せに抱き寄せた。

信じられない思いに苦しいほどに息が詰まり、修司の背中に回した腕がぶるぶると震える。

「修司っ……」

冷えた指先に力を込めると、すぐに強い力で抱き返された。首筋に修司の冷たい鼻先を、そして熱い吐息を感じる。

「恵那さん。本当に、俺のこと……？」

問われ、張り裂けそうな胸の高鳴りに合わせて必死に何度も頷いた。

修司のことだけが好きだ。他の誰も彼の代わりにはなれない。

「好きだ、修司……。お前、だけ……」

もう離さない。二度と迷わない。この男がたまらないほど愛おしい。

緩やかに流れる運河の隣で、長いこと、修司と固く抱き締め合った。

彼の肩越しに夜空を見上げると、幾つもの星が久遠《くおん》のときを越えてさやかな光を伝えていた。


速水の家は十年前と何も変わっていないように見えた。フローリング敷きの広いリビングには、テーブルを挟んで三人掛けのソファが向かい合わせに置かれてあり、入口を背に母とキクと総一が座り、向かいに座る恵那の隣に修司がぴたりとついている。

「まさか恵那君に迷惑をかけるなんて、本当になんて言ったらいいか……」

頭を下げる母の前で、却《かえ》って恐縮して首を振った。

「迷惑だなんてとんでもないです。無事に見つかって何よりでした。私も元気がないと聞いて心配していましたから、修司君と話せてよかったです」

「本当にまあ、先生もこんな遅くまでご苦労だね」

感心したような口振りでキクが言うと、修司の肩がぴくっと動いた。俯き続けている彼を目だけで宥めて、キクに向かって笑顔を作る。

二人が家に着いたとき、キクは既に修司の存在を思い出していた。というよりも忘れたこと自体を忘れてしまっていたので、何故修司が出て行ったのかをまったく分かっていなかったのだ。認知症の症状としては珍しいことではないが、この前の検診のときは安定していたこともあり、症状が進行しているのか、それとも何か他の要因があるのか気になるところではある。

「私なら問題ありませんよ。ところでキクさんのお加減はいかがですか？　年末でお忙しいでしょうし、何かご自身で変わったなと思われることはありませんか？」

一連の出来事をキクには何も話していない。あくまで世間話というように問いかけると、キクは白濁《はくだく》の見られる瞳をしばたたいた。

「特に変わったことなんてないねえ。今年は寒くもないし、拍子抜けするくらいだよ。薬もちゃんと飲んでるし」

「そうですか……。その薬ですけど、ちょっと確認したいことがあるので見せていただいてもいいですか？」

言うと、皆一様に訝しそうな顔を見せたが、母が立ち上がってキッチンに向かった。

「これだけど……。乾燥とか湿気とかそういうことかしら」

「いえ」

恵那は受け取った薬の箱を開けて、中身をひとつひとつ確認していった。見ていくとやはりふたつの薬が危惧《きぐ》した通りの状態になっている。

特に問題があるという素振りは見せず、ごく事務的な手つきでふたつの箱の中身を替える。それからにこりと笑ってキクと母に向かい、簡潔に状況を説明した。

「ふたつの薬の箱と中身が逆になっていたので、戻しておきました。形が似ているのでそうされてしまう方が多いんですよ」

ひとつは認知症の進行を抑制する薬で一日二回、もうひとつは就寝前に飲む睡眠導入剤。これらを逆に飲んでいたなら、意識がもうろうとなったキクが一時的に修司のことを忘れてしまったとしても無理はない。

しかし誤飲の量は、今日から正せば取り返しがつく程度のものだった。

母は口元に手を当てて驚くと、キクに向かって憤った。

「もう、母さん！　だから薬の用意は私がするって言ったのに」

「なんだい、ちょっとうっかりしただけじゃないか」

母の怒り、もといい心配はもっともだったが、やむなく間に割って入った。

「私もキクさんができることはご自分で、と言いましたからね。それじゃ、これから薬の管理はお母さんと、あと、修司君も手伝ってあげましょうか」

目を向けてきた修司に「できるね？」と訊くと、彼は瞳を揺らしながらも頷いた。もう落ち着いてはいるけれど、まだ不安や悲しみを拭い切れていない瞳だ。色々なことがあって疲れているに違いないし、早くゆっくり休ませてあげたい。

そう思っていると、苦虫を嚙んだような母の隣でキクがカカカと笑い声を上げた。

「心強いねえ。こんな先生に診てもらえるなんてあたしは運がよかった。あたしは『えな』先生とつくづくご縁があるんだね。この子を産むときも大変だったけどねえ、先生が大丈夫だって言うから、あたしも踏ん張れたんだ」

キクは言ってから、胸の前で両手を擦り合わせた。

「今だって先生が笑ってくれたからね、あたしはなんとか落ち込まないでいられたんだよ。もう毎日失敗ばっかりだ。自分で自分が嫌になる。だけど、笑いかけてもらえるとねえ……あたしみたいのでももう少しは生きてていいんじゃないかって、生きる元気が湧いて来るんだよ」

キクの言葉に胸が詰まり、容易に返事ができなかった。キクのような状況にある人に対して、かけられる言葉は限られている。

けれどキクの瞳を見ているうちに、彼女が望んでいるのは上辺の言葉ではないのではないかと思えてきた。

今キク自身が言ったばかりではないか。

自分にできる最善のこと、それはきっと背筋を伸ばして、こうして笑顔を返すこと。

「キクさんの笑顔から力を貰っているのは私の方です。これからも何かありましたらいつでも相談に乗りますので」

言うと、キクは嬉しそうに微笑んでくれた。その顔を見ていた母の眉間の皺が緩み、ほうと溜息が零される。

「私も……もっと落ち着かないといけないのかもしれないわね。色んなことに動じないようにして、大きく構えていないと」

母の目線がちらりと修司に向かった。その実、今日一番胸を痛めたのは、キクばかりでなく修司のことも心配しなければならなかった、この母かもしれない。

「……ああ、もうこんな時間ですね。それでは私はそろそろ」

面《おも》やつれしたように見える母に、これ以上の長居は無用だと即断する。それに修司を送って来る必要があったとは言え、彼と恋仲になった今、母と面《めん》と向かっていることに何も感じていないわけではない。

さりげなく修司と目を合わせてから、恵那は静かに立ち上がった。

しかし突然袖を引かれて、あえなく元の通りに座った。

「嫌です、帰らないで。今日は離れたくない。恵那さんが帰るなら、俺が恵那さんのところに行く」

修司が腕に縋りつき、しょぼしょぼとした目を向けてくる。

「な……」

向かいに座る三人が硬直し、呆気に取られたように修司を見やった。

治まっていた動悸が戻る。言い訳をしなければいけないのに言葉が口から出て来ない。

修司君は不安定なようです。普段から色々と相談をされていまして。十も年が離れていますが、彼とは仲のよい友人としてお付き合いを——。

（そんなこと言ったら……余計に怪しい）

絶句するしかなかった。あとは母が修司の言葉に疑問を抱かないことを祈るばかりだが、その望みが叶えられる可能性は低いだろう。

「総一、おばあちゃんを部屋に連れて行ってくれる？」

不意に静かな声で言った母に、恵那は身を縮めて俯いた。そして握り締めた自分の拳を見た途端、中学のときに友人と二人で両親の前に座らされたことを思い出した。

同性とキスをしている息子を見て、歎《なげ》き悲しんでいた両親のことを。

「母さん」

呼びかけたのは総一だった。見やると、総一が何か言いたげに母の方を向いている。しかし二人は目だけで言葉を交わしたらしく、すぐにどちらからともなく視線を外した。

立ち上がった総一は恵那を見て一度頷き、それからキクを連れてリビングから出て行った。その頷きが意味するところは定かではなかったが、いつも励ましてくれるときに見せてくれた瞳と、今総一が向けてくれた瞳は同じだったように思えた。

ドアが閉まるとすぐ、母は単刀直入に訊いてきた。

「あの、違っていたら申し訳ないんだけど、もしかして二人はお付き合いをしているのかしら。恋人として」

母の声に動揺は感じられず、顔つきも至って平然としている。だが、腿の上で重ねられた震える両手に、恵那は彼女の緊張を感じないわけにはいかなかった。

その手を見ていると、先ほど言い訳をしようと思ったことが俄かに恥ずかしくなった。

自分はもう小さな子供ではないのだ。感情的にならずにこうして尋ねてくれる母に対し、真摯《しんし》に向き合わなくてどうする。

事実を伝えれば彼女はショックを受けるだろう。でも嘘をついて彼女を欺くことは、きっと許されることではない。

腹を括《くく》って頭を下げた。できる限り誠実に、真剣なのだと伝わるように。

「申し訳ありません。私が、修司君を……」

言うと、すぐに修司が脇から庇うように抱き締めてきた。

「違うよ、俺が先に恵那さんのこと好きになったんだ。恵那さんは何も悪くないんだよ」

額にじわりと汗が滲む。修司の気持ちは嬉しいが、母がこの姿をどう思うのかと考えると生きた心地がしない。

頭を下げている間の時間の進みは遅い。長く思えた沈黙の後、母が柔らかな声音で言った。

「恵那君、顔を上げてちょうだいね」

ゆっくりと顔を上げて、母と目を合わせる。それから母は修司の方を向くと、今度はきっぱりと言い切った。

「いいですか、修司。まず、今夜恵那君のところに行くのはお母さんは反対です」

「母さん！」

反対という一言に肩を落としそうになったが、母の言葉は限定的だった。しかし微妙な言い回しに気づいたのは恵那だけだったようで、修司が上擦る声で言う。

「か、母さんが反対しても、俺は恵那さんと別れるつもりはないからね」

その言葉に母は微笑みを返した。それは聞き分けのない子供を見守る母親の顔に見えた。優しくて、そして少しの苛立《いらだ》ちと憂いを含んだ顔だ。

「お母さんは今夜はって言ったでしょう。いいからちょっとお母さんの話を聞きなさい。あなたはまだ高校生なんですよ。仮に夜の街中であなたに何かがあったら迷惑するのは恵那君です。それにあなたがいなくなって、心配した私のことも少しは考えてちょうだい」

そう言われてしまうとぐうの音《ね》も出ないようで、修司も一旦は黙った。しかしすぐ「でも」と言った口を、母が先手を打って恵那に話しかけることで塞ぐ。

「修司と真剣にお付き合いをしてくださっていると思っていいんですね？」

訊かれ、恵那は母の瞳を見て答えた。

「真剣に考えています」

これからともに生きてゆきたい。できるのならば二人のことを認めて欲しい。伝えたい言葉は他にもあったが、母の心の負担を増やすようなことをそれ以上口にするのはためらわれた。

母は居住まいをただすように丁寧に髪を耳に掛け、そして言った。

「私ね、総一から恵那君が医大に入ったって聞いたとき、ぴったりだなと思ったの」

「ぴったり？」

母は軽く頷いた。

「さっき母が言ってた産婆さんのえな先生ね、彼女の『えな』という名前はおなかの中で赤ちゃんを包む『胞衣《えな》』、今でいう胎盤《たいばん》かしら、からいただいたそうなの。その名前の通りの温かい先生だったって、母から何回も聞いてたから、だから恵那君は男の子だけど、初めて名前を聞いたとき、真っ先にその先生のこと思い出したのね。それから高校三年間通して恵那君のこと見てきて、『恵那君だったらきっと「えな先生」みたいないいお医者さんになるだろうな』って思って」

紡がれる母の言葉に必死に耳を傾ける。彼女が伝えようとしてくれていることを漏らさず聞き取らなければいけない。

母は自分の手を少しばかり見やり、震えを抑えるように握った左手を右手で擦った。

「母への対応を見ていても、恵那君のことは信用しています。偏見と思われるでしょうけど、恵那君でなかったらこういう気持ちになれていたかどうかは自分でも分からないの。でも、昔から知ってる恵那君だから修司のことを任せることができる、それが今の正直な気持ちです。ただもちろん……恵那君のご両親からしたら、修司は頼りがいのない相手なんでしょうけど」

「そんな……ことは……」

それだけ言うのがやっとだった。

二人のことを認めてくれたばかりでなく、恵那の両親の心情にまで想いを馳せてくれた母の気持ちが、泣きたいくらいにありがたかった。

腕を掴む修司の指先にも力が入る。

涙を堪えていると、不意に母が頭を下げた。

「親馬鹿ですけど、大事な息子です。修司のことを、どうぞよろしくお願いします」

今度こそ溢れてくる涙を抑えることはできなかった。頭を深く下げた拍子に膝頭にぽつりと小さな水滴が落ちる。

「母さん、ありがとう」と先に口にしたのは修司だった。

自分も礼を言わなければと思うのに、心に浮かんだ『お母さん』という言葉に胸が震えて、恵那はしばらくの間何も言えず、ただ頭を下げているしかできなかった。

窓辺に立って外を見ると、蒼く凛々《りり》しい光が寒空の下を走っていた。

今夜も工場は輝いている。しかし、街中の灯りもいつも以上に煌びやかな気がするのは何故なのだろうか。

恵那はしばらく考えてから、ひとつのことに思い当たった。

あと十日もすればクリスマスだ。

たぶんそのせいなのだろう。

恵那自身はクリスチャンでなく、その日も仕事なので気分が浮き立つことはないが、入院患者の中にはクリスチャンもおり、牧師が来ることもあるので敬虔《けいけん》な気持ちになることは確かだ。

指紋がつくので普段はガラスに触れないが、そんなことを考えていると光に触れてみたくなった。ためしに白い光の上に指を置いたが、思わぬ冷たさに驚いてしまう。外気の冷たさよりもむしろ、我が身の火照りを教えられたようで気恥ずかしくなる。

――土曜の夜に行きます。

速水の家で別れるときに、修司はそう耳打ちをした。

その後の電話で「部活が終わったら行きます」と言われたが、この寒い中を待たせるわけにいかず、「病院から出るときに連絡する」と言って、少しでも早く会いたがった修司をなんとか納得させたのだ。

そろそろ到着する頃だろうか。久しぶりに修司がここに来るのだと思うと胸の高鳴りが治まってくれない。落ち着かなければいけないのは自分だと、冷たいガラスに額をつける。

息を吐くと白い靄《もや》ができあがったが、その靄がかるガラスに突然呼び鈴《りん》が反響し、恵那は頬を上気させながら、脇目も振らずドアへ向かった。

「いらっしゃい」

「こ、こんばんは」

ドアを開けると学校からまっすぐ来たのか、ジャージの上にジャンパーを羽織《はお》った修司が息を弾ませて立っていた。雨でもないのにしっとりと濡れた髪に、自然と瞳が吸い寄せられる。

「それって汗？」

「いえ、違います。シャワー浴びてそのまま来たから」

「お前、この寒いのにそういう無茶……」

今日は恵那も早めに仕事が終わってまだ七時前だが、修司はもう部活を終えて家に帰っているものだとばかり思っていた。急いで来てくれたのが嬉しい反面、風邪でも引かれたらと思うとつい咎めるような口調になる。

しかし小言《こごと》は続かなかった。会いたかった、と修司の瞳が訴えている。

「と、取り敢えず上がって。寒かっただろ？」

その瞳に見られているだけで体の温度が上がるようで、やまない動悸を隠すように踵を返して修司を中に迎え入れた。

修司は夜景を背にして以前と同じ場所に座った。彼がここに戻ってくれた姿を目の前にし、嬉しさがすぎて震えてしまいそうになる。

すぐにでも抱き締めたいのを我慢して、箪笥からタオルを取り出して修司に渡した。

「ごめん。土曜の部活ってもっと早く終わると思ってたから。却って急がせちゃったんだな」

座って言うと、修司はがしがしと髪を拭きながら湯上がりのような笑顔を見せた。

「一月の大会までもうすぐなんで。土曜の練習時間もいつもより長いし、また日曜も練習してます」

「そうなんだ。なんか、結局一年通して忙しいんだな。今更だけど、本当に大変っていうか」

「それを言ったら恵那さんの方が大変だと思いますよ。それに、俺もその大会で高校の部活は終わりなんで、辛いっていう気はしてないです」

話す修司に、あの日本当に何もなくてよかったと思った。ほんの少しの気の緩みや一瞬の激情が『こんなはずではなかった』という惨事に至るケースは少なくない。

でも無事に修司を見つけることができて、今彼はここにいる。それは当たり前のことではない。愛する誰かが隣で笑ってくれているということは、大袈裟でなく奇跡なのだ。

胸を震わせていると、修司が持ってきた紙袋の中に手を入れた。大きな袋なのでスポーツバッグに入り切らないものを入れているのだろうと思っていたが、淡い黄色の紙袋はよく見てみると小花柄だ。高校生男子がサブバッグとして持ち歩くにはいささか可愛らしすぎると思うのは偏見だろうか。

「あの、これ、母が恵那さんにって」

取り出されたのはドーム型のパンの一種だった。この時期の街中の店頭で恵那もそれを見かけたことがあるが、何もプリントされていない透明のビニール袋や天辺《てっぺん》のリボンから、自家製らしきことが察せられる。

「パネトーネだそうです。イタリアでクリスマスに食べるとかで。迷惑かけたお詫びだって言ってました。俺も作るの手伝ったんですよ。生地にドライフルーツ入れただけですけど」

「迷惑って……」

修司は照れくさそうに笑ったが、恵那は返す言葉に詰まった。

(これ……どんな思いで作ったんだろう……)

修司も、もしかしたら自分も、母親がどれだけ子供を想っているかというのを本当には分かっていないのかもしれない。

ふっくらと膨らんだパネトーネを横目で見ながら、そう思わずにはいられなかった。

認めてくれはしたが、彼女の葛藤《かっとう》はどれほどのものだっただろう。母として悩み、苦しみ、けれど最終的には息子の想いを尊重して、ああいう答えを導き出したに違いない。

「恵那さん、もしかしてパネトーネ苦手ですか? 『もし苦手だったら病院の皆さんで』って母も言ってましたから」

口を噤んでしまったことで心配させたのか、修司が言った。

「……いや、好きだよ。ありがとう。ただ、なんだか申し訳なくて……。お前とのことああ言ってくれただけでもありがたいのに、こんなことまでしてもらってさ。お母さんだって突然あんなことになって驚かれただろうに……」

母の気持ちを無駄にしないように気をつけて言うと、修司は決まり悪そうに苦笑した。

「それが、母さん前から薄々気づいてたみたいです。俺の気持ち」

「えっ？　どういうことだ？」

「その、俺が家族以外の人に料理するのって恵那さんが初めてだったんですけど、あの頃から俺の様子がいつもと違うなって思ってたみたいで。母さん曰《いわ》く、『誰かに何かを食べさせたいって思うのは最大の愛情表現』らしいです。それだけじゃないみたいですけど、決定打はこの前恵那さんが俺のこと連れて来たときで、二人の顔見て確信したって言ってました」

それではあの日最初から、母は二人のことを半ば承知の上で頭を下げたということなのか。

誰かに何かを食べさせたいと思うのが最大の愛情表現。

そんな風に考えている修司の母がパネトーネを作ってくれたことを、大事に受け止めたいと思った。

これから修司を大切にしてゆく。それは当然だが、では具体的に何ができるのか、今のところはまだ分からない。けれど、いつか自分の両親に修司の存在を問われるようなときが来たら、そのときは隠したりせずに胸を張って紹介しよう。

そして、『あのときは嘘をついてごめん』と、謝らなければいけないのだ。

すんなりとはいかないだろうし、もしかしたらまた両親のことを傷つけてしまうのかもしれない。

でも、修司のことを隠さなければならない、恥ずべき存在だなんて思いたくもないし思えるはずもない。

男や女である前に、彼は自分にとってかけがえのない、ただ一人の人なのだから。

そう思いながら修司を見つめていると、彼は微笑みを湛えたまま今度はスポーツバッグに手を伸ばした。

「あと、これは兄さんからです。新婚旅行のお土産で、『ずっと渡しそびれてて悪かった』って」

渡されたのは手の平に載るほどの、幾つもの高い塔が特徴的な壮麗な教会の置物だった。

サグラダ・ファミリア——聖家族贖罪《しょくざい》教会。

スペインのバルセロナにあり、建築家の巨匠《きょしょう》アントニオ・ガウディによって設計され、一八八二年に着工され、未だに完成していない教会だ。

総一が渡しそびれたのではなく、きっと自分に受け取る準備ができていなかったのだと、手の平に教会を載せ置き、感慨深くそう思った。

今、やっと受け取ることができる。

ありがとう、と心の底から総一に言える。

「お礼言いたいから、後で電話してもいいか？　お母さんと……それから、総一に」

後ろ暗いところはひとつもないが、修司に誤解をされるようなことはしたくない。教会をパネトーネの隣に置いて言うと、修司は穏やかに笑ってくれた。

「もちろんです。母さんも、兄さんも……喜ぶと思いますよ」

そう言って、力づけるように手を握ってくる。温かな手の平が気持ちよくて握り返すと、ふと修司は真顔《まがお》になり、優しい力で五指を絡めた。

「恵那さん……」

それは、そこに恵那がいることを確かめるような呼び方だった。心が込もっていて、何かにひどく焦がれているのが感じられる。

首を傾げてきた修司にキスをされるかと思ったが、彼は視線を合わせたままで囁いた。

「チョコレート、まだありますか……？」

言葉が意図することはすぐに分かった。キスはキスでも、あの行為はもっと濃厚で、官能をふんだんに含んでいて、キスよりも一歩進んだ甘い愛戯《あいぎ》を予感させる。

唇に熱っぽい感触が蘇って頬に血が上り、咄嗟に拳を口に当てた。

「あ……すみません。もう食べちゃいましたよね」

「いや、あるよ、でも」

立ち上がり、どうなっているのだろうと不安に思いながら冷蔵庫へと足を向ける。この三ヶ月間結局一度も取り出していないので、状態の予想がまるでつかない。

冷凍庫を開け、氷や冷凍食品を掻き分けて奥の方からチョコレートの箱を取り出す。ついていた霜《しも》が指の形に溶けてしまうのを見て、なんとも切ない気持ちになった。一度常温に戻してしまったら、この紙のパッケージはもう使い物にならないだろう。

目の前に置かれたチョコレートの箱を、修司は不思議そうに見下ろした。

「これって、冷凍庫に入れてたんですか？」

「ああ。まあ」

修司が開けた箱の中を、腰を下ろしながら覗き込む。心配は無用だったようで、惑星のチョコレートは以前の通りに並んでいた。

うっすら霜を纏っているだけで、これならなんの問題もない。柔らかくなるまで待てばいいだけだ。小粒なものであれば齧らなくてもいいのだろうが、凍った惑星型のチョコレートを丸々口に含むのは勇気がいる。

だが安心したのも束の間、解せぬ顔の修司に問われて瞳が泳いだ。

「あの、これだと普通に食べ辛いと思うんですけど……。凍らせちゃったのは何か理由があるんですか?」

「えと、その」

うろたえてしまうのも当然のことで、修司にそんなことを訊かれるだなんて夢にも思っていなかったのだ。

チョコレートを凍らせてしまったあのとき、修司を好きなままで自分の心が止まってしまえばいいと思った。その想いに嘘はないけれど、重苦しい気持ちだという自覚はあり、だからこそ本人に対して口にするのは気が引ける。

「もしかして、もう俺とああいうことしたくなかったからですか?」

口籠もっていると、不安そうな声で訊かれた。

「違う、そうじゃない。俺はただ、お前ともう会えないと思ったから……。だからこれだけでも残しておきたいと思って」

瞠目《どうもく》した修司に余計に恥ずかしくなったが、誤解されたくなくて本当のことを伝えた。もう気持ちを隠していては駄目だ。どれだけ修司のことを好きなのか、はっきり伝えなければ。

「冷蔵庫だって何ヶ月かは持つだろうけど、何年も持つかは分からないだろ。だから、凍らせちゃえば、ずっと、その」

しかし、想いのすべてを伝えることはできなかった。腕を引かれて抱き締められ、頭の後ろに手を入れられる。

性急に押し当てられる唇は、少しかさついていて、でもとろけるように熱かった。

「恵那さん。俺も、会えない間……あなたのことを忘れられないって、ずっと思ってました」

あなたのことを、ずっと一生想い続けるって。

呼吸が苦しくなるほど口を塞がれた後、舌先で唇を押し潰すように舐められる。何度も角度を変えて深く舌を絡ませているうちに、口の周りはもちろんのこと、顎まで唾液で濡れていった。

「っ……んぅ……」

舌を奥から引きずり出すように吸われ、鼻にかかった声が零れる。幾分苦しくて修司の胸を叩くと、修司は泣くかのように声を絞った。

「恵那さん。し、たい……。あなたのことが、全部欲しいっ……」

彼の言葉に驚くことはなかった。背中を掻き抱きながら言う修司の頬に手を添え、視線を絡め合わせる。

したい。欲しい。それは自分も同じだと伝えるために。

「ああ……いいよ。俺も、お前に」

抱いて、欲しい。

言葉にするのは恥ずかしかったが、はっきり言うと、修司は激しく身震いをした。

「でも先にシャワー浴びさせてくれるか。俺も帰って来たばっかりで」

修司の濡れた髪から石鹸《せっけん》の香りが立ち昇っている。仕事をして来た体に触れられるのは、やはり抵抗があった。

修司は肩口に顔を埋めて何度も頷いたが、ふと動きを止めると物狂おしい声を出した。

「恵那さん、でもすみません……俺、何も用意して来てない」

「用意？」

鸚鵡《おうむ》返しに尋ねてしまうと、恵那を抱き締めたまま修司は小さく身を竦めた。

「あの、前は、したいってだけでちゃんと調べてなくて。でも調べてみたら、その、ロ、ローションとか、ゴム、とか……。でも俺カードとか持ってないし、薬局行っても、買う勇気なくて」

謝る修司を抱き締めて宥める。

性欲が強かった自分自身を汚いと思っていたような男なのだ。準備できなかったことを責められるわけがないし、準備しようと思ってくれた、その気持ちだけで充分嬉しい。

「そ、それでも、でき……」

「落ち着け、修司。大丈夫だから」

本当のことを言えば、恵那だって修司に負けないくらいに緊張している。だけど、ここは自分がしっかりしなければと思った。

修司の腕から抜けて机へと行き、一番上の引き出しを開けて目当てのものを取り出して戻る。

枕の脇にそれらを置くと、修司は息を呑んで目を丸くした。

「俺は……こういうの買うの抵抗ないんだ」

医療用のチューブタイプのゼリーと、みっつ続きになっているコンドーム。

それらを見たまま固まっている修司の肩に手を置き、中断される前の雰囲気を取り戻すべく、優しく唇を重ね合わせた。

ぴくっと修司の肩が揺れる。

「あっ……ありがとうございます。すみません、本当は俺が用意しなくちゃいけないのに」

「お前がってことはないだろ。……二人ですることなんだから」

修司は恐縮しているけれど、これくらいのことはして当然だし、しなければいけないとも思った。

自分の方が十も年上なのだ。リードできる経験も自信もないが、受身だからといって何もかもを修司に任せるなんて無責任すぎる。

向かいに座って修司の顔を覗き込むと、迫って来るかと思った彼は、しかし頬を強張らせて俯いた。

そして切れ切れの苦しげな声で、思いの丈《たけ》をぶつけてくる。

「俺……初めてで、うまくできないと思いますけど……。でも恵那さんのこと、き、気持ちよくできるように、がんばりますからっ」

その言い方にはたと、修司が誤解していることに気がついた。言われた恵那の方が恥ずかしくなり、拳で目元を隠してしまう。

「お前、たぶん勘違いしてる。こういうの買うのに抵抗ないって言ったのは医薬品だと思うからで、別に俺が慣れてるとかじゃ……。それに、俺だって」

「俺、だって？」

訊きながら修司が体を前傾させてくる。

恥ずかしい。居たたまれない。どうしてこんなことを口にしなければいけないのか。

「俺だって、こんなことするの……お前が、初めて、で……」

言い終わるなりカーペットの上に押し倒された。先ほど交わしたキスが可愛らしいと思うような、獰猛《どうもう》とも言える激しさで修司が唇を貪《むさぼ》ってくる。

「恵那さん、もし途中で本当に駄目だと思ったら俺のこと殴ってください。俺、たぶん自分じゃ止められない」

修司を殴りたくなる『本当に駄目だと思う』ような行為とはどんなものなのだろうか。

見つめてきた瞳は欲にまみれた雄《おす》のもので、肌がぞくりと粟立《あわだ》った。僅かに怯えてしまったのは本当なのに、同時に何をされてもいいと思ってしまう。修司を殴れるわけがないのだ。修司がしたいことをしたらいい。

首からセーターを抜かれ、耳の中を濡れた熱い舌でなぞられる。愛撫の音を執拗《しつよう》に注ぎ込まれ、下腹の一点に血が集まってゆくのが分かった。首筋を吸い上げながらシャツを引き上げてきた修司に、慌てて声を上げる。

「修司、シャワー……」

「一緒に入っていいですか？」

一瞬迷ったが、「ああ」と頷く。できれば一人で入念に体を洗いたかったが、この状態の修司を一人にするのは酷だ。

「でも、狭いぞ」

体を絡ませてバスルームに向かいながら言うと、修司は「気にしません」と即答した。

気にする必要は確かになかったかもしれない。

浴槽《よくそう》の隣に一畳にも満たないスペースがあるだけの小さなバスルーム。二人で入ればいっぱいになってしまうが、どんな形にせよずっと肌を合わせているのだろうから、多少狭くとも構わない。

脱衣所を兼ねた洗面所に入り、壁際に立たされてシャツのボタンを外される。ためらいの見られない精緻《せいち》とでも言うような滑らかな指の動きに、きっと何かのスイッチが入ってしまったのだろうと思った。おそらくは試合に臨むときと同じ、極度の集中と興奮によって呼び覚まされた雄の本能のスイッチが。

すべてのボタンを外し終えると、修司は恵那の鎖骨の上に両手を置いた。肌の感触を確かめるように肩から腕に手を這《は》わせ、恵那のシャツをゆっくり脱がしてゆく。

裸の背筋を指先で撫でられて震えてしまうと、「寒いですか？」と優しく訊かれた。

「……大丈夫」

どれだけ欲情していても修司は優しい。その気遣いが、未知のものに対する恐怖感を和《やわ》らげてくれる。

腰を抱き寄せられると、既に勃《た》ち上がっている彼の芯が臍《へそ》に当たった。柔らかなジャージを押し上げる、その下にある硬さを分からせるように、修司が窪みに先端を嵌めてくる。

そのまま動こうとしない修司を見上げると、彼は荒い息を吐きながら目だけで恵那の体を追っていた。熱い視線が頬から首筋を辿り、鎖骨の窪みを撫で上げる。腕の付け根の柔らかなところを揉《も》むように見つめ、胸全体をくまなく舐める。

さまよっていたその視線がふと、ある一点で長いこと止まった。

「っ……」

焦る自分を戒める。触られているわけではない。修司にただ、見られているだけ。なのに、視線を受け止めている乳首の先が、甘く切なく疼いてくる。

修司の顔を見続けているのも恥ずかしく、かと言って下を向けば自分の乳首や修司の猛りを目にしてしまう。目のやり場に困っているうち、修司が独り言のように呟いた。

「これって……」

訝しく思って見ると、修司の眉間に思わぬ皺が寄っている。彼の目は乳首から離れ、右胸の下側にある気胸の手術痕《あと》に留められていた。

「ああ、そうだ。この前の手術の」

腋《わき》の下にもう一箇所、二センチ程度の傷痕があるのだが、それは腋を閉じている状態では見えない。

「触っても大丈夫ですか……？」

痛々しいという思いを隠さず訊く修司に笑いかけ、彼の手を取って傷痕の上へと導いた。

「大丈夫だよ。ほら、もう痛くないし、あと少し経てば傷痕もほとんど見えなくなる」

修司は微かに盛り上がった傷痕を指で撫でたが、少し触れただけですぐに離した。それから苦しそうに眉根を寄せて、優しい力で抱き締めてくる。

「すみません。走らせちゃって、本当にすみませんでした……」

「大丈夫だって。それに」

(お前が受けた痛みに比べたら、こんなの傷でもなんでもない)

思うと胸がツキリと痛み、壊れものに触るように修司の胸に手を置いた。

本当にこれは彼なのだろうか。消えてしまいはしないだろうか。

「修司……お前が許してくれて、本当によかった……」

とくん、とくん、と熱い鼓動が、服を通しても伝わってくる。

修司は困ったように笑いながら、両手で頬を包んでくれた。

「許すとか、もう言わないでください。こうできて嬉しいのは俺の方なんですから」

鼻の頭に音を立ててキスをされる。そのまま額に、瞼に、何度も繰り返しキスをされた。

「下も……脱がしますね」

「ん……」

ベルトが外れる金属音が、周りの空気をいっそう濃密に仕立ててゆく。ジッパーが下ろされるジ、ジ、という音に、血が体中を駆け巡り、みぞおちから下腹にかけてが細かく蠕動《ぜんどう》していった。

脇腹に添えられた修司の両手がゆっくりと下がり、下着の中に入って腰骨に触れる。開いた指で一度尻を包み込むと、修司は裏腿に沿って手を動かし、生成《きな》りのコットンパンツを下着と一緒に脱がせていった。

足を抜くときに体を曲げた修司が、気胸の傷痕にそっと唇を当ててくれる。性欲とは別の感情から出たであろう穏やかなキスに、悲しくもないのに突然涙がすうっと落ちて、修司に気づかれないうちに慌てて目元を手で拭った。

修司は靴下を脱がせてから、恵那の左手首を取った。修司から戻った電池を入れ、ふたたび動くようになった時計がそこには嵌められている。

「これ、また貰ってもいいですか？」

乞《こ》うように言われたが、元々そのつもりだったのだ。頷くと、修司は恭《うやうや》しい手つきで時計を取り、文字盤にくちづけてからズボンのポケットにしまい込んだ。

「お……お前も脱いで」

相手が脱いでいないのに、自分だけ全裸という状況が心細くてならない。思い切って言うと修司は頷き、色気などかけらも振り撒かずに素早く上着を脱ぎ捨てた。

その勢いで下のジャージも脱いでしまう。盛り上がった部分の下着が既に色を変えていて胸が跳ねたが、それよりもスポーツ選手が人前で脱ぐときのような脱ぎっぷりに惚《ほ》れ惚《ぼ》れとする。でもこれが修司の色気なのかもと、背中を丸めてTシャツを脱ぐ姿を見ながら思う。爽やかで、潔くて、青い汗の匂いがするような、修司の仕草。

だが、ボクサーパンツを取り去って修司自身が現れたとき、恵那は爽やかなどと思ったことを一瞬にして忘れ去った。

思わず息を呑んでしまう。慄いて、だ。

恵那のペニスはくびれの部分に段差が少なく、全体的にほっそりとした形をしているが、修司のものは笠が大きく張り出していて彫りも深く、茎との境目に影ができるほどだった。

亀頭の役割のひとつは他の雄の精液を含む不要物を掻き出し、己の精液を優位に立たせるためだと言った人もいる。それならば笠が張っているというのは、それだけ潜在的な生存競争能力が高いと考えることもできるが、種の保存に優れているのだろうその点は、今は問題ではない。

（大……き……）

修司は完全に勃ち上がっており、裏側はもちろんのこと、双球を露わにするほど反り返っている。

修司は体格もいいし、受け入れる側としてそれなりの想像と覚悟はしていたのだが、正直こんなに大きいだなんて思わなかった。

自分は修司のことをすべて受け止めることができるだろうかと思いながら、何度も目を瞬いてしまう。

「すみません。俺だけこんなで……」

恵那も興奮はしているのだが、まだ欲望よりも理性の方が勝ってしまっている。お前は若いからだと一言言ってあげることもできず、首を横に振ることしかできなかった。

修司に抱き寄せられながら、バスルームの扉を潜る。フックに掛かっていたシャワーヘッドを取って蛇口《じゃぐち》を捻ると、修司は温度を確かめるように手の平の上に湯を受けた。

すぐにもうもうと湯気が上がり、足元から湯を掛けられる。順に肩まで濡らされた後、フックに戻したシャワーの下に入れられた。落ちてくる湯はやや熱いが、体が温まってくればちょうどいいと感じるほどだろう。

「髪洗いますから、目、閉じててくださいね」

目を閉じろと言われると、反対に修司の姿が見たくなった。

流れ落ちてくる湯に目を細めながら、乳白色《にゅうはくしょく》の灯りに照らされた修司の体に視線を滑らす。

鋭いスパイクを容易に想像させる肩。上質な鋼《はがね》が埋め込まれたような光る鎖骨。滑らかに張られた厚い胸板に、筋肉の作りが手に取れる腹。そして、腰から鼠蹊部《そけいぶ》にかけて、流れるように隆起した、血管。

それらがいつかは崩れてしまう儚いものだと知っている。

それでも、今を飛翔するために鍛《きた》え抜かれた修司の体は美しかった。

見惚《みほ》れているうちにシャンプーの匂いに取り巻かれる。マッサージするようにほどよく力を入れて、修司は丁寧に髪を洗ってくれた。髪が泡だらけになっている間に、熱い湯に打たれて体が温かくなってくる。

「流しますね」

「ん」

大きな手に髪を掻き上げられながら湯で洗い流されると、一瞬緊張が解けてほうっと息が漏れ落ちた。上を向かされて、生え際の泡も流される。

耳の裏やうなじも怠《おこた》りなく綺麗にすると、修司はスポンジを左手に取り、そこに液体状のボディソープをたっぷりと落とした。そして、何も持っていない右手の上にも。

体を壁の方へ寄せられてシャワーの真下から外れたが、時間をかけて髪を洗われたお蔭で寒さは少しも感じなかった。

修司は抱きかかえるようにしながら、左手に持ったスポンジで背中を洗ってくれた。

至近距離で修司の瞳を見上げると、濡れた唇を重ねられる。その間にボディソープを纏った右手が胸の上を滑り、人差し指が乳首の上で円を描いた。

「あっ……」

出てしまった声に驚き、修司の舌を噛みそうになる。続けて爪を使ってカリカリと尖《とが》りを弾かれ、それまで知ることのなかった痺れが体中に広がっていった。

「ここ、気持ちいいですか？」

「わ、分か……ない……」

「分からないですか？　じゃあ、これはどうですか」

「んっ……」

親指と人差し指で摘《つ》ままれ、くにくにと捏《こ》ねられてそれまで以上に胸が震える。普通、ボディソープに塗れた指では滑ってしまって小さな乳首を摘めないが、今の修司の右手――テーピングという名の滑り止めが施された指であれば、器用に摘まむことができるのだ。

「恵那さん、さっき可愛かったです。俺が見てるだけでここがツンて尖って……。ここ触られるの好きじゃありませんか？」

修司に胸をいじられるたび、下腹の奥がもったり重くなってくる。けれど初めての感覚を受け止めるのに精一杯で、好きかどうかと訊かれても、分からないとしか言葉が出ない。

「本当に分からないっ。そんな、とこ……触ったこと……」

息を荒らげながら言うと、背中を洗っていた修司の手からスポンジが落ちた。左指にテーピングはされておらず、泡だらけになった手がもう片方の胸を触ってくる。

「あっ……修、司っ……」

片方の乳首はテーピングの摩擦《まさつ》を使ってきゅっきゅっと、もう片方の乳首はソープの滑《ぬめ》りに任せてぬるぬるといじられ、もどかしいようなやるせないような刺激に、体がひとりでによじれてしまう。

「俺はずっとこうするの想像してましたよ。前、一度だけあなたの裸の胸を見たときから、ずっと。こんな風に捏ねて引っ張ったり、舌で舐めて転がして、歯で噛んだり」

「や、んっ！」

両方の乳首をピンッと下から弾かれて、自分のものとは思えないような淫猥《いんわい》な声が上がった。恥ずかしさから頬に血が上り、咄嗟に両手で口を塞ぐ。

あんな声を出すだなんて信じられない。でも、もっと信じられないのは、乳首を触られただけで勃ち上がってしまった自分自身だ。

口を押さえたまま肩を壁につける。タイルはさすがに冷たかったが、支えなしに立っているのは辛かった。

「恵那さん、気持ちよくないですか？」

唐突に修司の手が乳首から離れ、大切なものを奪われたような喪失感に見舞われる。

「どう、して」

「だって、眉間に皺寄ってるし、それに口も」

愛おしく思っているとも心配しているとも取れる瞳をしながら、修司は左手で恵那の腰を引き寄せ、右手で顎を持ち上げた。

「塞いじゃってるから。もしあんまり気持ちよくなかったら教えてください。あなたが気持ちよくないと意味ないですから」

シャワーの湯が修司の肩に落ちかかり、きらきらとした光る雫《しずく》を跳ね上げている。

修司の頭を掻き寄せて、恵那は伸び上がって自分の方からキスをした。

「違う。これは、声、恥ずかしかったから」

ほとんど唇をつけたままで言うと、修司は溶けて崩れるような笑みを漏らした。

「俺は恵那さんの可愛い声、たくさん聞きたいですけど。でも、じゃあ、もっとここ触ってもいいですか？」

胸に指を滑らせてきた修司に、下肢をすり寄せて首を振る。誘うなどという技が自分にできるとは思わなかったが、分かって欲しいと願いを込めて、潤む瞳で修司を見上げた。

胸を触られるのは嫌ではなかった。けれど、それだけではもう足りない。

「修司……でも、これ……」

思いはうまく伝わったようで、修司はすぐに屹立《きつりつ》に指を絡めてくれた。

誰かにそこを触られるのはもちろん初めてのことだ。初めての体験への好奇心を伴う興奮、そして幾らかの怯えが震えとなって、尾《び》てい骨《こつ》の辺りから背筋を上る。

どんな風に触られるのか分からない。自分がどんな姿態《したい》を曝け出してしまうのかも。

「つっ……」

初めて触られたことでいささか過敏になっていただけだと思う。だが修司は数度瞬いた後、申し訳なさそうに眉尻を下げた。

「すみません、テーピング痛かったですよね。今、取りますから」

もはや体の一部にでもなっているのだろうか。本当に全然気づいていなかったのだ、と彼の素振りに嘆息《たんそく》する。こちらはあの指に触られるたびに、気持ちがよすぎてどうにかなりそうだったというのに。

「取らなくて、いい」

「え？」

テーピングは右手の親指と人差し指、そして中指に巻かれている。彼の指から離れてゆく布が、なんだかひどく惜しく思えた。

「取らないで、くれ。その指、お前だって分かるから」

修司は目を見開いたが、しばらくしてから瞼を閉じて身震いをした。恍惚《こうこつ》としたような表情に目を奪われていると、ペニス全体をやわやわと握り込まれる。

「う、んっ……！」

大きな手の平と長い指を筒型にして、修司は前後に動かし始めた。テーピングが痛くないように力を加減してくれているのが分かる。途中でボディソープが注ぎ足されて滑らかさが増し、修司はリズミカルに強弱をつけて、恵那の欲望を擦り立てた。

「気持ちいいですか？」

「い、い……あっ……気持ち、いい……」

待ち望んでいた刺激を与えられ、今度ははっきりと答えることができる。皮膚に張りつく濡れた布の感触が、またたまらなくよかった。

修司は竿《さお》を伝って滴《したた》り落ちた雫を下から掬い上げ、先端に塗り込めるようにした。小さな穴を開くように指を動かされ、剝き出しにされた自分の赤い粘膜《ねんまく》に眩暈がする。

修司の指は心地よかった。技術などなくとも、相手を気持ちよくしたいという丁寧な指の動きが恵那の体のすべてを快楽の器官に変えてゆく。

ふと、修司が恵那の前に跪《ひざまず》き、左手の上にボディソープをまた落とした。

「足……開けますか」

内腿を撫で上げられながら、言われる。

「もう少し」

修司は左の手の平を恵那の会陰《えいん》につけて、尻のあわいを中指でなぞった。

ペニスを扱《しご》かれながらソープを馴染《なじ》ませるように何度も襞《ひだ》の上を撫でられて、鼓動が速さを増してゆく。すぼまりを指先で押し上げられたとき、危うく達してしまいそうになるのを必死に堪えた。

「もし痛かったら言ってください」

修司自身はもうずっと力を漲《みなぎ》らせたままで、言ってしまえばすぐにでも挿入できる状態だ。けれど、先を急ぐことなく手順を踏んでくれる修司に、恵那は安心すると同時に『力を抜かなければ』と思った。

充分慣らしてからでないと入らないし、それに硬いままでは修司に気持ちよくなってもらえない。入口のきつい輪の周りを修司の指が通り抜けた。奥に進むことなく引き抜き、また入れるという動作をしばらく繰り返される。

「あっ……んうっ！」

何度目かに入ってきた指は浅いところで止まらず、ソープの滑りを存分に借りて更なる奥へと入り込んだ。第二関節を押し込み、指全体を収めるなり、修司が指先を折り曲げてくる。

「痛いですか？」

髪の雫を払うように首を横に振る。ゆっくりとしてくれているからか、痛みはない。ただ、慣れていなくて苦しいだけ。

徐々に指を引き抜かれ、また根元まで入れられる。

「泡……立ってきました。綺麗……」

何度も抜き差しを繰り返し、動きがスムーズになった頃、そんなことを囁かれた。

「そんなこと言わ……あっ？　ひ……」

恥ずかしくて反論しようとしたが、手首を返して指を回転させられたとき、ふと強い刺激に襲われた。愉悦《ゆえつ》を生んだその箇所に何があるのかは……もちろん分かる。

「今、中がきゅって……。ここ、よかったですか？　それとも、ここ」

「う、あ……だめだ、そこっ……あ、ンっ……」

腹の側の一点、前立腺《ぜんりつせん》のところを的確に擦り上げられて、腰から下ががくがくと震えた。

人体の構造は分かっている。前立腺をいじられれば、快楽を得ることができるということも。しかし知識と実践は別物なのだ。

これまで体の奥をいじったことなどなく、だからこそ修司を受け入れることができるのだろうかと不安になりもしたのに。

「気持ちいいですか？」

でも、これは。

「恵那さん……すごい……締めつけて……」

気持ちいいなんてものではない。

修司が探し当てたところを激しく指で擦り始めた。柔らかく潤んだ壁は痛みを感じることもなく、送り込まれる快楽を食べ尽くすように修司の指に絡んでいる。前を摩擦する手の動きも速くなった。目の前が白く霞《かす》みがかり、腰が前後に揺れ始める。

自由にならない自分の体が怖い。

「も……修司、もうっ……！」

奥をいじられるのは初めてなのに。

「いきそうですか？　いってください。このまま、俺の手の中で」

気持ちよくて、気持ちよくて、頭がどうにかなりそうだ。

「でも俺っ、もう立ってられなっ……」

足の裏から股《こ》関節が小刻みに震え、それ以上自力で立っていることができず、頭上のシャワーフックを両手で掴んだ。シャワーヘッドをかける場所は今掴んでいる高い位置と、それから座ったときに使うための低い位置にもう一箇所あり、うっかり足を滑らせでもしたら怪我をしかねない。

「頼む、から……ベッド……」

自分の肩口に頬を埋めて、半ば啜《すす》り泣きながら懇願する。

すると、修司が恵那の体から手を離して立ち上がり、シャワーフックを掴んでいた恵那の手と、シャワーヘッドを手に取った。

「分かりました。でも先に、泡、流さないと」

修司の目の焦点が合っていないように見えたのは、立ち込める湯気のせいだろうか。

シャワーで体を流されてベッドに行くものだと思っていた恵那は、修司に体を裏返されて、少しばかり驚いた。

「修司？」

強引な手つきではなかったが、何かしらの意図は感じられる。なんだろうと思っていると背後で修司が座り、すぐに腰を両手で摑まれ「座ってください」と促された。

彼の前に、という意味だろう。このまま挿入ということはないだろうが、修司が何をするつもりなのか、まるで分からない。それでも嫌だと言う気にはならず、修司に背中を預けて座る。

案《あん》の定《じょう》、突き立った肉茎が尻を押し上げたが、修司はそれには気を留めていないように思えた。

タイルに置いたシャワーヘッドを取ると、修司は低い位置にあるフックにヘッドではなくてホースの部分を引っ掛けた。シャワーヘッドが逆さまの状態で宙に浮き、勢いのよい湯があたかも噴水のように噴き上がっている。

「修司……何……」

シャワーヘッドからの距離はごく近い。膝を閉じて座っている今は、恵那の脛《すね》を飛沫《しぶき》が心地よく叩いている。

修司は自分の胸を恵那の背中に密着させると、下から恵那の膝裏に手を入れて、ゆっくり左右に割り始めた。

思いもかけなかったことに喉を上下させてしまう。

足を閉じようと内腿に力を入れたが、修司の力の方が強い。

「ちょっと……待ってくれ。これじゃ」

このままではシャワーが、あらぬところに。

「や、んうっ……あぁっ！」

敏感な部分を水飛沫で打たれ、背中が大きく仰《の》け反《ぞ》った。だが逃げることはできない。反射的に閉じそうになった膝を更に開かれ、修司の膝の上に掛けられてしまったからだ。

「しゅ……じっ……な、んでっ……」

「石鹸が体の中に残ってると荒れることがあるって見ました。だから、奥もちゃんと洗わないと」

修司は壁に背中をつけ、恵那の尻を掴んで下から持ち上げるようにした。すると上からペニスを刺激していた飛沫が、今度は感じ易い裏筋を、濡れそぼった双球を、修司の両手によって割り開かれた蕾《つぼみ》を、ばしゃばしゃと打ちつけてゆく。

「ひ、あっあっ……んあんっ……」

修司の肩に後頭部を載せて、喉を反らせて恵那は喘いだ。声が反響して恥ずかしいのに止まらない。すさまじい刺激にもう何も考えられず、頭が真っ白になってゆく。

「感じてる恵那さん……すごく綺麗です……」

修司の一本の指先が、下側からきゅっと窪みの中に押し込まれる。不自由な体勢なので爪が隠れるほどしか入らなかったが、修司は入口の弾力を愉《たの》しむように何度も浅い抜き差しを繰り返した。そのうちに屹立を握られて、先ほどの続きを始められる。

穴をいじめられながら丸い膨らみをシャワーで打たれ、テーピングの指で竿を扱き立てられればひとたまりもなかった。

「あうっ……くうぅんっ！」

「感じて……もっと、声、聞かせて……」

一度止まっていたほとばしりが、すぐに腹の底からペニスの管を駆け上がってくる。

「あ……も、修……！　いっ、く……いく、ん、ああっ……――」

白いテーピングを纏った指をいっそう激しく動かされ、蕾で修司の指を締めつけながら、恵那は白濁を噴き上げた。

「はっ、あ……」

「濃いの……いっぱい出ましたね」

急激に襲い掛かってくる脱力感に目も開けていられない。修司の胸に体を預けて荒い息を吐いていると、今度こそソープの泡と、そして体液が洗い流される。

バスルームから出るには出たが、足腰がまともに立たず、裸のまま横抱きにされて易々とベッドに運ばれた。

「恵那さん、だるいですよね。少し休んでください」

隣に体を横たえた修司はそう言ってくれたが、達したのは恵那だけで、まだ体を繋げていないのだ。積極的にならなければと思ったが射精した後のだるさには勝てず、髪を梳《す》いてくれる修司に甘え、恵那はそっと瞼を閉じた。

しかし、疲れたからといって欲望の炎はしぼんでしまったわけではなく、まだじりじりと体の内部に熾火《おきび》のように燻っている。

修司が擦ったあのところを、彼の大きな亀頭で擦られたら。

何度も何度も突き上げられて、笠を引っ掛けるようにして引き抜かれたら。

「……！」

（俺……今、すごくいやらしいこと考えた……）

自分の想像に恥ずかしくなって、枕に横顔を埋める。性欲が盛んだった十代の頃だって、こんなことは考えなかった。

「恵那さん？　大丈夫ですか？」

「ああ……なんでもない」

気遣うように訊かれたが、『お前に擦られるところを想像していた』なんて言えるわけがない。

修司といると自分が自分ではなくなっていくような感じがする。修司という存在と心も体も混ぜ合わされて、それまでとは違う自分が生まれるような気がするのだ。

修司の中に、自分の存在もそうやって入り込んでいるのだろうか。

入っていれば、いいと思う。

「修司、大丈夫だから……続き、しよう？」

僅かに休んだだけで欲望が疲労を上回り、体を起こして修司にキスする。そして修司を仰向けにして、彼の足の間に移動した。

「恵那さん？」

「俺にも触らせてくれ……。お前の」

タオルで拭ったからか、先走りで濡れてはいなかったものの修司は変わらず上向いている。初めて見たときは大きさにばかりに目がいってしまったが、こうして見てみると可愛いと思えた。

こんなに大きいのに、ピンク色で、綺麗で、可愛い。

　みっしりとした濃い繁みを掻き分けて彼の根元を指で包む。上体を起こして困惑したように恵那を見ていた修司だったが、ふと腹筋を緩めると、シーツの上に頭を落とした。

「あ……恵那、さ……」

　修司は温かかった。ぴくぴくと脈打っている姿に、愛おしさが募ってくる。

　修司がしてくれたように心を込めて、下から亀頭に向かって擦り上げた。親指の付け根の厚いところで裏筋を刺激し、輪にした指先でくびれを捻る。すぐに溢れてきた先走りを亀頭全体に塗りつけると、修司が悩ましげに眉間を寄せて顎を上げた。

「気持ちいいか？」

「すごく、いい……です」

　横になっているのに、修司の腹筋が硬くひくついているのがこの上なく色っぽい。手を速め、先走りを竿全体に行き渡らせながら、もっと修司を気持ちよくさせたいと思った。

「う、あっ！」

　唇をそこにつけるのに、ためらいは感じなかった。柔らかな先端に唇を押しつけて、酸っぱいような匂いを吸い込む。そろそろと舌を出して小さな穴をちろりと舐めると、こぷっと先走りが噴き出して、修司の下肢が小刻みに震えた。

「恵那さん、が……俺、の……」

「ン」

　目だけを上げると、修司がいつの間にかこちらを凝視している。更に興奮したように胸を上下させる修司に嬉しくなり、裏筋をじっくり丹念に舐め上げた。笠をめくるように舌を這わせると、修司が唸るような声を上げる。もっと感じて欲しい。何も分からなくなるくらい。

亀頭を口の中に含むと、リスのように自分の頬が膨らむのが分かった。頭を上下させながら、笠に見合う大きな袋を手の中に入れ、優しく揉みしだく。

「待っ、待ってください！　だめ、です……そ、なことしたら、俺っ」

修司の手が髪の中に入った。押さえつけるでも引き剥がすでもない動きに、彼の惑いが感じられる。

「い、よ……このまま、出して……」

伝えるために口を離したとき、体を引かれて修司の下に押し込まれた。口の中にあった先走りが糸を引いて胸元にかかり、ぞくっと快感が走る。

上から手首を押さえてきた修司は餓《う》えた獣のように見えた。牙の間からはあはあと荒い息を吐き、瞳の中には獲物しかいない。

修司はコンドームを取って毟るように袋を開けると、せわしなく中指に被せてその上にたっぷりとゼリーを落とした。左手で腿を開かれ、右手で窪みをなぞられる。

円を描いてゼリーを塗りつけられた後、ぐっと中指が入れられた。初めから奥へと侵入し、根元まで埋め込んだ指で襞を掻き回される。くち、ぐちゅん、とバスルームでは聞こえることのなかった音に、体中の毛がそそけ立つ。

「ふっ……あ……しゅう、じ」

「一本……もうきつくないですね？」

「ん……大丈夫……」

ふと、きつくも痛くもないのだが、中をいじる感触が先ほどとは違っているように感じられた。

利き手だからか？　そうかもしれない。ゴムが被っているから？　それで感触が違うのは納得できる。

けれど、違うのだ。この瞬間快感を引き出そうとしているのは、そのどちらでもない。

薄いゴムを通してでも分かる、内壁《ないへき》に絡みつくような微細《びさい》なおうとつ。狂おしい摩擦を生み出し、なまめかしい悦《よろこ》びをもたらす、これは。

（テーピング……）

「あっ……いいっ……そこっ……」

腰をうねらせながら、もう駄目だと諦める。テーピングされた修司の指の愛撫は、甘美と言う以外の何ものでもなかった。

抑え切れない。堪えられない。言葉が口から溢れてしまう。

指一本で思い知らされる。修司のことが、こんなにも好きだ。

いやらしくて構わない。早く、早く、彼でぐちゃぐちゃに掻き回されたい。

埋め込まれた中指の隣にじわじわ入ってくるものがある。入口を開かれて苦しかったのは最初だけで、二本の指で前立腺を叩かれると、腰が跳ね上がるほどに激しく感じた。

「や、あっあっ、んあっ……！」

突き出てしまった乳首に修司が唇を寄せてくる。生温かい舌をねっとりと這わされて、これ以上ないほど背筋がしなった。尖らせた舌先で掘り起こすように舐められ、乳輪ごとじゅっと音を立てて吸われる。

「やっぱり恵那さん、乳首いじられるの好きなんですね。中が波打って……前もまた勃ってきました」

もう分からないとは言えなかった。もっとして欲しいと思うほど、乳首をいじられるのは気持ちがいい。

「あ、しゅ、じ……修司ぃ……もう……」

「もう、なんですか？　中じゃなくて前擦りましょうか？」

「ち、が……」

かぶりを振って修司を見ると、欲に駆られた瞳の中に焦がれるような光があった。乳首をグミのように嚙み、揃えた指で内部の天井を撫でながら、修司が言う。

「言ってください、恵那さん。俺にどうされたいのか。あなたの口からちゃんと聞きたい」

内部に埋められた指が、小刻みに振動を始めた。

「は、う……ひ、いんっ……」

「言ってください」

もう、我慢ができない。

「修司、の」

「俺の？」

「修司の、い、入れてくれっ……。お前ので、そこ、擦って……！」

言うなり指が抜かれて膝の裏を持ち上げられる。大きく足を開かれて秘所を曝されたが、恥ずかしいと思う余裕もなかった。

片手で恵那の膝裏を押し上げたまま、修司は片手と歯を使って器用に新しいゴムの袋を破った。修司の太茎にゴムが被せられてゆく間も待ち切れず、乞われてもいないのに「入れて」とまたねだってしまう。

直接落とされたゼリーを呑み込むように、蕾が勝手にひくひくと蠢いた。踊るような動きで背中から腰をしならせて、修司が亀頭を窪みの上で滑らせる。

修司の動きが止まった。

「恵那さん、好き、です」

修司は言い、ふっと優しげに目を細めた。

「……っ……っ……！」

入り込んできた熱の塊の、あまりの圧迫感に声を上げることさえできなかった。少しでも動けば皮膚が裂けてしまいそうで、身動《みじろ》ぎひとつできず体が固まっていってしまう。

「大丈夫、ですか？」

優しく髪を撫でられて、知らず閉じていた目を開けた。修司の息が乱れていたが、興奮からというよりも、どことなく苦しそうに見える。

「……いじょ、ぶ」

まだ先端が入っただけだが、きっと修司もきついのだろう。力を抜くべく深呼吸をして、修司の頬に手を添える。

彼のすべてが愛しいと思った。この苦しさも含めて。

「大丈夫だから、もっと奥に……」

うまく笑って修司のことを安心させられたか分からない。けれど泣くような笑いを返すと、修司はゆっくり腰を進めた。

存在感のある笠は、どこを通っているのかをつまびらかに教えた。修司の形に体が開いてゆくのが分かり、広がったところから徐々に、彼の質量に馴染んでゆく。

「もう少しで、全部、ですけど……大丈夫ですか？　きつくないですか？」

修司の首に両腕を回し、頭を引き寄せて頷いた。彼の顔から苦しさが薄らぎ、吐息に甘さが戻ってきたのが嬉しい。

ひやりとした双球が肌に当たり、彼のすべてが埋められたのを知った。

「恵那さん……恵那さん……」

全身を熱く震わせながら、修司が唇を重ねてくる。心も体も修司でいっぱいになって、喜びが弾けるように恵那の体も細かく震えた。

「修司……好き、だ……」

川が海へと流れるように、言葉が自然と口から零れる。

「俺もっ……俺も、好きです。あなたのことが、大好きっ……」

修司が両腕を立てて腰に力を入れた。彼の眦《まなじり》に涙が光っていたように思う。

修司は僅かに体を引き、ごく優しく動き始めた。自分の大きさを誇示するどころか、その大きさで相手を傷つけてしまうことを恐れるような控えめな動きが愛おしくてならない。

繰り返し優しく愛されているうちに、どんどん体の中が熱くなった。溶けたゼリーで内壁が潤い、圧迫感が消えてゆく。

テーピングの指で乳首をいじられると、自分でも分かるほどに修司をきゅっと締めつけた。ふ、と息を吐き出す姿から、修司の快感が感じ取れる。

ゆっくり、ゆっくりと、彼のストロークが大きくなった。笠が抜け落ちるぎりぎりまで引き、恵那の腰を引き寄せながら、また奥まで深々と埋める。

「ふ……あ……」

引き抜かれる笠が天井の一点を擦ったとき、ぞくんと腰全体が痺れた。

「ここ、ですね？」

初めは軽く、とん、と突かれた。それだけで内腿が痙攣し、足の指が丸まってしまう。

「んっ、く……んっ……」

続けて二度三度と押し上げられた。亀頭を擦りつけられて顎を震わせると、次第に擦り方が激しく、情熱的になる。

「恵那さん、気持ちいい？　もう苦しくないですか？」

「くるし……なっ……あっ、いいっ……」

もう痛みや苦しみはなく、あるのはただ悦びと、そして幸せだけだ。

「えっ……？　あっ――！」

強く突き上げられたとき、腰から頭に鋭い衝撃が走り抜けた。打たれたところから快感が広がり、弛緩《しかん》と緊張が交互に全身に押し寄せてくる。

一瞬何が起こったのか分からず、がくがくと体を震わせながら自分の下腹に目をやった。腹に液体を零されたような感触があったのだけれど、ゼリーにしては温かい――。

「う……そ……」

「そんなによかったですか？　……いっちゃうくらい？」

俄かには信じられなかった。腹の上には恵那自身から出された白濁が撒き散らされており、そればかりでなく恵那の先端からはまだ残滓《ざんし》がたらりと蜂蜜のように落ちている。

先ほど出したのに、手も触れていないのに、どうして。

「ひ、あっ……待っ……修司っ！」

「すみませんっ……可愛いすぎて、もう我慢できないっ……」

いきなりだった。達したばかりの体の奥を激しく修司に貫かれた。律動を始めた修司に必死になってしがみつく。突き上げられるたび恵那の中に残っていた白濁がとぷんとぷんと押し出される。

「……す、ごい……恵那さ……すご……」

「う、んっ、あっ、あっ、ふあっ……！」

修司が中で膨らみを増した。更に広げられて苦しいほどなのに、もっともっととねだるように修司の体に足を絡める。

もっと奥まで入って欲しい。

もっともっと、自分の深くへ――。

濡れた自身を修司の腹筋で、最奥《さいおう》を大きな亀頭で揉みくちゃにされて意識が飛んでゆきそうになった。心が解放され、体が浮き上がってゆく感覚だ。

気持ちいいという以外もう何も考えられない。体の他には何も持たない自然な自分に還《かえ》ってゆく。

これが自分の自然な姿だ。

好きな人と体を重ねるのは、こんなにも、自然だ。

修司の動きが速まるのに合わせて、恵那は体を揺らめかせた。

「修、司っ……！」

「恵那さんっ……愛してるっ……！」

自分の腹に胞衣はない。けれど修司を想う心の胞衣は、誰にも負けないくらいある。

体の中で脈打つ修司に大きく背中を反らせると、潤んで滲む瞳の中に、眩く光る工場群が逆さになって映り込んだ。


トンネルを走る車内に緩やかな波を思わせる軽快なサウンドが響いている。

「学会ってオーストリアでしたっけ。寂しいなあ」

「同じ時期に遠征でアメリカに行くのはどこの誰だ？」

呆れたように返すと、「俺でーす」と語尾を伸ばしてハンドルを握る修司が笑った。久しぶりのドライブだが、運転が前よりうまくなったようだ。

「ところでプレゼント何にします？」

「そうだなあ。二歳の女の子って何がいいんだろう。服は去年あげたし。おもちゃとか？　さやかちゃんて普段何で遊んでるんだ？」

二年前、二十歳にして『叔父《おじ》さん』になった修司は、姪《めい》のことを思い出してか「ううん」と唸った。

「そうですね……。最近は畑で遊ぶのが好きみたいですよ」

「畑？」

「はい。兄さん畑借りたんですよ。さやか、そこで泥だらけになって遊ぶのが好きみたいで」

前方にぽつりと小さな光が見えてくる。幼子《おさなご》の姿が想像されて、自然と顔がほころんだ。

「そうか……。じゃあやっぱり服かな。長靴とかもいいかもしれない」

「プレゼントって言えば、恵那さんも専門医合格祝いのプレゼント考えてくれました？」

「……ああ、考えたよ」

答えてから少しばかり窓を開けると、風が二人の髪を乱した。排気の匂いに潮の匂いが混ざり始め、出口の近さを肌で感じる。

「天体望遠鏡」

「天体望遠鏡？」

「ああ。それでお前と一緒にハレー彗星を観るんだ」

「へえ。それっていつ来るんですか？」

地上へ出ると青い空と海原が、世界を上下に二分していた。いつも通り空は果てが見えず、海は地球の表面をぐるりぐるりと回っている。

誰も軌道からは逃れられず、同じところを回ってゆくだけ。

外を見ているとそう思ったときのことが、懐かしい気持ちで思い出された。

あの思いは感傷が生み出したものだったのだろうか？　いや、やはりあれは動かしがたいひとつの真実なのだと思える。

自然からは逃れられない。回り続けていくしかない。

しかしそれは当然なのだと、鼻歌を歌う男を横目で見ながら恵那は思った。

ひとつのサイクルがどこかに生まれ、いずれ終わってゆくのは誰にもどうにもできはしない。

自分たちができることはただひとつ、逃れられないサイクルの上を自分の足で歩くことだけ。

けれどそれは孤独ではない。何故なら歩いているのは自分だけではないのだから。

下を向いても転がっても、生きて回っていれば誰かの軌道とぶつかるだろう。

めぐり合えるかもしれないのだ。

これから一緒に歩いて行こうか。ときにはそんなことを思える相手と。

修司がアクセルを強く踏み込む。

道のりはまだ半分までしか来ていなかった。

朝日がきらきらと照り返す海の上を、二人を乗せた車は一直線に駆け抜けて行った。

あとがき

はじめまして。戸田環紀《とだたまき》と申します。このたびは拙著をお手に取ってくださり誠にありがとうございます。純朴な高校生と年上の神経内科医のお話はいかがでしたでしょうか。

小説を書く際に、私はまず初めにひとつの場面がぼんやり頭の中に浮かびます。その場面が何を意味しているのかを摑み取り、人物を見つめ、そこから話を膨らませていきます。

まだ「恵那《えな》」という名前がなかった男性が、部屋の中で「何か」を壁にぶつけている姿が浮かんだのは、昨年でした。何をぶつけているのかしばらく分からず、数日考えた末、野球ボールということが分かりました。

場面が見えた後は、名前を探ります。「この男性の名前は『エ』音で始まる」という感触（たとえば江島《えじま》や江藤《えとう》というように）があり、ある日突然「恵那千尋《ちひろ》」という名前が降ってきました。ちなみに「速水修司《はやみしゅうじ》」は降ってきたものではなく好きな名前です。

そうやって恵那と修司という存在が自分の中に生まれてから、今日までずっと彼らのことを考えてきました。そして悩む彼らと同じように、うまく文章が書けず、私自身も悩み通しだったというのが正直なところです。

しかし、悩んだ分学んだことが多かったのも事実なので、この経験を糧に今後も書いていけたらと思っています。

リンクス編集部の担当M様、Mさんがいてくださったお蔭でこの小説を仕上げることができました。また、私がいたらないばかりに何度もお手数をおかけして申し訳ありませんでした。丁寧で的確なご指導をくださいましたことに心より御礼申し上げます。

小椋《おぐら》ムク先生、小椋先生にデビュー作の挿絵を描いていただけたことはこの上ない喜びです。イラストが小椋先生だと伺った瞬間、私の中の動物萌え魂が雄たけびを上げてしまい、あんこというキャラクターが生まれました。お忙しい中素敵なイラストを描いてくださりありがとうございました。

最後に、出版にあたり関係してくださった方々、執筆を支えてくれた家族、そして読者の皆様に御礼申し上げます。前述の通り生み苦しみましたが、空、夜景、チョコレート、犬（年下大型わんこ含む）と、大好きなものを詰め込んだ一作となりました。どれかひとつでも好きなものが重なり、少しでも読んでよかったと思っていただけたなら、作者としてこれ以上嬉しいことはありません。それではここまで読んでくださり本当にありがとうございました。

二〇一六年七月　　戸田環紀

この本を読んでの
ご意見・ご感想を
お寄せ下さい。

〒151-0051
東京都渋谷区千駄ヶ谷4-9-7
(株)幻冬舎コミックス　リンクス編集部
「戸田環紀《とだたまき》先生」係／「小椋《おぐら》ムク先生」係

リンクス ロマンス

初恋にさようなら

2016年8月31日　第1刷発行

著者……………戸田環紀《とだたまき》
発行人…………石原正康
発行元…………株式会社　幻冬舎コミックス
〒151-0051　東京都渋谷区千駄ヶ谷4-9-7
TEL 03-5411-6431（編集）
発売元…………株式会社　幻冬舎
〒151-0051　東京都渋谷区千駄ヶ谷4-9-7
TEL 03-5411-6222（営業）
振替00120-8-767643
印刷・製本所…株式会社　光邦
検印廃止

ISBN978-4-344-83783-6 C0293
Printed in Japan

幻冬舎コミックスホームページ　http://www.gentosha-comics.net